Aki Sung

宋亞樹

Aki Sung
宋亞樹

雙子

下冊

言情名家

宋亞樹——著

12

「李陽、李陽！」很多時候，他彷彿都能看見那個女孩，穿著制服，綁著馬尾，跟在他後頭叫喚。

「幹麼不理人啊？」女孩信手扯住他的書包背帶。「為什麼用那種看髒東西的眼神看我？你身體不舒服？今天為什麼戴眼鏡？你有近視嗎？在冰場從沒見你戴過。」

女孩連珠炮似嚷了一長串，迫得他不得不正視她。

他認得她，她是和李陽在同一個冰場練習的女孩，主修的是花式滑冰，他曾在許多母親拍攝的李陽練習與比賽的影片中發現她的身影，也曾在許多次李陽的言談中聽見她的存在。

她認錯人了。

「我不是李陽。」他將書包肩帶扯回來，匆匆走了。

她是與他不同世界的人，他怎麼努力都無法走進的那個銀白色運動世界。

未料第二天，女孩又來了。

「李烽、李烽！對不起，我昨天認錯人了，你一定很困擾吧？我是上善，周上善，我向李陽問了你的名字，對不起，這給你，向你賠罪。還有，我下星期要在你們學校比賽，所以我這幾天都得來看場地和練習，你要來幫我加油嗎？」女孩笑容燦爛，不由分說地在他懷中塞了盒甜點。

「不要。」簡直熱情得惱人！他抬手一揮，碰掉了那盒女孩硬塞來的禮物。

女孩臉上的震驚與難過看來像世界末日，蹲下收拾一地狼藉的神情十分受挫。

愧疚感令他眞去陪了女孩幾次練習。

於是他知道，女孩不只很會滑冰，她還是各種大小比賽的常勝軍。

「李烽，幫我看講稿。」

「李烽，陪我寫作文。」

「李烽，教我數學。」

十七歲的愛情發生得毫無道理且令人措手不及，他與女孩越走越近，女孩耀眼得像他全世界所有的光。

她太美好，美好得以致於那一天的陰霾來臨得太快，快得令人難以面對。

「李陽，我……怎麼辦？我有聽你的話，對李烽很好很好。李烽……他問我要不要當他女朋友，我很喜歡跟他在一起，好像也有點喜歡他，可是……我又想，你這麼喜歡哥哥，假如有一天，我讓李烽不開心了，難過了，或是跟他分手了，你會不會就開始討厭我，生我的氣，再也不理我了？」

他只是奉母親之命，難得到冰場去幫李陽拿東西而已，門板後頭的女孩卻以爲選手休息室裡的人是他。

十七歲的女孩太年輕，沒發現她的言語中洩漏太多心事。

與他相比，女孩更在意李陽的感受。

當時，意識到這件事的他就不該與女孩交往的。

他只是懷抱著一絲能夠被愛的期待，卻高估了自己的能耐，埋下了日後戰戰兢兢的種子。

不該是這樣的……

女孩看著他時，他總想著她是不是望著他想李陽？女孩開心快樂時，他總想著她是不是害怕李陽不理她，所以不敢忤逆違背自己？

當時的他還不明白，信任是種強大時無堅不摧，脆弱時輕輕吹口氣便會瓦解的東西。

沒有信任的愛難以持久，煎熬了一段時日，他逃了。

沒有線索，沒有理由，僅是單方面斷絕所有與女孩的聯繫，無論女孩與李陽如何打探追問，皆不回應。

最後，女孩因著各種原因飛離這片土地，他知道他在女孩心目中是多麼無情，也確實感受到排山倒海的內疚與痛苦，可他卻無能爲力。

什麼都是李陽給他的，偶爾得到的母愛是，女孩也是。

假若，當時能坦承這一切就好了；假若，這世界上沒有他就好了。

他與李陽是那麼相似，卻又那麼不同。

有時，他甚至懷疑李陽只是他分裂而出的人格而已，事實上根本沒有李陽這個人的存在。可李陽是他活生生的孿生兄弟，與他擁有相同的面貌、相同的心靈，背負著同樣強烈的痛苦，卻能夠得到截然不同的待遇和愛。

喜歡弟弟與討厭弟弟情緒同時並存，摧折他的驕傲，折磨他的自尊；明明想祝福弟弟，卻怎麼也做不到；明明應該放手，卻反而抓得更牢。

最喜歡李陽，也最討厭李陽；最願意和他分享，也最害怕被他奪去；最想當他，也最不想變成他。

內疚、自責、濃濃的自厭，層層疊疊，形成堆積如山的痛苦，反應在他的心理與生理。

唐海棠是他？還是李陽？他其實並不知道，正如同他不知道被困住的唐鈴究竟是他還是李陽一樣。

每個角色裡都有一部分的他，不完全是，也並非不是。

他對自己感到無比自責，他希望自己死掉，可是，死去的究竟是誰？

是那個被母親忽視的他，那個背叛了母親期待的他，那個被弟弟崇拜卻不禁討厭起弟弟的他，那個最喜歡弟弟卻也最忌妒弟弟的他，那個不夠完美的他？

還是其實，根本是被他束縛住的，他弟弟？

李陽被因他而起的罪惡感桎梏，鎮日活在虧欠他與自責的煉獄裡，失去了更多自我；而他因著想讓李陽好受一些，多年來，對於李陽的諸多干涉總是睜隻眼閉隻眼。

他們誰都想拯救誰，到頭來，卻誰也沒能拯救誰，只是將對方推進更暗無天日的深淵裡。

他與李陽互爲表裡，依附共生，李陽是他最大的痛苦來源，也是他畢生最大的快樂所在。少了誰，都不能獨活。

下午，他並沒有回答蘭如眞的疑問。

「因爲，我本來覺得唐鈴是小時候的你，唐海棠是長大後的你。可是，後來我又覺得，假如把唐海棠想像成李陽也是可以的，唐海棠同樣也對唐鈴充滿愧疚，同樣想帶唐鈴逃離痛苦，只是，沒想到後來卻是那樣……」當時，蘭如眞是這麼說的。

「已經完成的作品就是獨立的個體，作者不該試圖以任何發言影響它在讀者心目中的形態。每個讀者解讀出的故事都有可能是不一樣的，妳不該問我，作品完成的那一瞬間，作者就死了。」他回應得毫不留情，掩蓋他紛亂纖細的內心其實沒有標準答案的事實。

「死你個頭啦?!小氣!」蘭如眞嘟囔著抗議，可並沒抗議出他的其他回答。

原本，他也認爲唐鈴是他的童年，唐海棠是他的現在，可是，寫著寫著，他卻覺得唐鈴其實更像是李陽，而他則是拴縛李陽的那條鐵鍊。

假若他一開始沒有對李陽心軟就好，假若李陽不是對他一直抱持著愧疚就好，及至簽書會上的爆發，他直到現在都認爲他的責任比李陽大上許多，一切都是自己的咎由自取。

那些關於上善的從前也是如此，假若他能坦白說出一切就好，假若他能更加誠實就好，可偏偏他沒有。嚴格說來，還是他的責任。

唐海棠殺了唐鈴，究竟是他想殺了李陽？李陽殺了他？抑或兩者皆是？

他是不值得被愛的瑕疵品，母親爲他貼上的標籤再適切不過，不愉快的記憶蜂擁而上，脖子彷彿被掐住，胸口滯悶沉堵，耳鳴暈眩，血液奔騰像要衝出皮膚，他……糟了！意識到自己走神太久的李烽急急忙忙掀開湯鍋鍋蓋，忘了帶防燙手套，鍋蓋應聲落地——

「什麼東西掉了？」不知何時進來907的藺如眞衝過來，驀然蹲到正要彎腰撿拾鍋蓋的李烽身旁，早他一步拾起。

李烽長睫閉了又掀，望著她擔憂嬌憨的臉龐，有些茫然地跟著她站起，一時之間竟有些不知身處何地。

「原來是鍋蓋呀，你有燙到嗎？」藺如眞自動自發地將鍋蓋拿到流理檯沖洗，偏眸問他。

「沒有。」李烽搖頭，睞著她再自然不過的問句，因他沒被燙傷而高興的模樣，好像一瞬間被她從不堪回首的從前拉回現實，方才湧上的那些幽暗回憶明明前一秒鐘還巨大得像隻無形的手狠掐他頸項，如今卻消失無蹤。

「我下班了，按了門鈴，沒有回應，所以我就自己開門進來了。」藺如眞洗好鍋蓋，晾到一旁，甜蜜蜜地向他揚了揚手中鑰匙。

「嗯。」李烽應聲，情不自禁搗了搗前幾分鐘還悶堵著的胸口，怪異感更甚。

好奇怪，她來了，沉重的窒息感不見了，周遭的空氣彷彿都輕盈起來，就連耳鳴暈眩的症狀也漸漸舒緩……

「什麼湯？好香。」藺如眞走到瓦斯爐前探看。

「壞掉的湯，不是什麼湯。」李烽抿了抿唇，跟著她往湯鍋內瞧，回答得非常懊惱。鍋內的蛤蠣肉早已內縮，他閃神了，才有這麼大的失誤……

「壞掉的湯？」藺如眞疑惑地瞥了那鍋湯一眼，那不就是排骨跟山藥嗎？還有蛤蠣，根本超豪華的呀。不只很香，看起來還很漂亮，哪裡壞了？

她取了湯杓，隨手拿了個乾淨的小碗，舀了幾杓入碗，連同湯料一起。

「別吃，都說壞了。」李烽鎖著眉心瞪她。蛤蠣煮太老，山藥燗太久，紅棗和枸杞也……算了，不提了。

藺如眞沒理他，逕自吃她的。

「哪裡壞了？明明很好吃啊。」藺如眞一秒露出滿足得不得了的表情，不可思議地睞向他。「你該不會原本要把這鍋湯倒掉吧？我要是雷公，第一個劈你啊！甲之砒霜，乙之蜜糖，更何況這才不是砒霜，這是山藥排骨湯好嗎？」

藺如眞嘀嘀咕咕地戴起防燙手套，自顧自開心地將湯端上桌了。

叨念了老半天，這頭遲遲沒回應，藺如眞立在餐桌旁足足睞了李烽好幾秒，才後知後覺他的臉色似乎有點不太對勁，脫下了防燙手套，再度走回他身旁，伸手觸碰他臉頰。

「你好冰，在熱烘烘的廚房裡怎會這麼冰？」之前他不舒服時，是不是也曾露出這樣的表情？藺如眞開始擔心了。「你不舒服嗎？有發生什麼事嗎？是不是你媽媽她又……」

哪壺不開提哪壺？藺如眞話音一頓，眞想咬掉自己的舌頭，提他媽媽做什麼？藺如眞妳要不要這麼白目啊妳?!

「我已經說過了，不完美不要緊的，湯也很好，沒有煮壞呀，哪有那麼嚴重？」藺如眞熨貼在他臉頰上的掌心微微使力，輕撫他臉頰。「沒事的，一切都很好，沒問題的。就算做錯了，就算失敗了，就算跌了一跤，就算有人笑你，也沒問題的。你很好，很安全，沒有人會傷害你，我就在你身邊，沒事，乖。」

她簡直像在哄小朋友的聲調與動作令李烽哭笑不得。

她爲什麼拿他當孩子哄？而他到底是哪根筋接錯了，竟然覺得這樣被她哄很受用？

眞是不可思議，胸口的窒悶感都不見了，手指頭也不麻了，那些曾經想逃得遠遠的過去似乎也沒那麼不堪了……

一心爲他的笨蛋，既傻萌又天眞的透明感……

她的體溫比他高，總是可以爲他帶來溫暖。

明明是個有點儒弱的女孩，總嚷著自己是小孬孬，看起來什麼力量也沒有，卻願意爲了他，擋在他身前，對著從未見過面的母親大吼，爲他哭得像個傻瓜……

嚴格來說，他對她並不算好，她無形中卻支撐了他許多，他究竟能爲她做些什麼？

「書本的排列方式，想出來了嗎？」李烽拉下她貼著臉頰的手，握在掌心，終於開始覺得他的心跳像他的心跳，呼吸像他的呼吸，一切都不難控制。

沒事的，如她所說，一切都很好，沒問題的。

「啊？還沒！」藺如眞完全忘記這件事了！

可惡！她怎會忘了呢？讓李烽叫她女王的夢想還沒實現呢！

「身爲我的校對，對於我的文字這麼不上心？」李烽笑了，倘若他自己能夠看見，絕對不會相信他有一天也能夠笑得如此柔軟。

她不是他那些晦澀的從前，她是他明亮的現在。

「我哪有啊？我最認眞了好不好？不管是你的文字、你的標點、你的錯……欸？錯字！輸入法！」藺如眞驀然驚叫了起來！她爲什麼之前沒想到?!

她慌慌張張衝到李烽的書架前，急匆匆朝著他發問——

「你不是用注音輸入法對不對？你用什麼？倉頡？嘸蝦米？是用字根排列的？這本書的書名第一個字怎麼拆？」

之前只想著李烽不是用注音輸入法，所以絕對不可能照注音排，連羅馬拼音都拼了，居然沒想過要問他用什麼輸入法，藺如眞覺得自己好蠢啊！

「如眞。」李烽好整以暇地盯著她，出口男嗓意外地溫柔。

「啊？」這是他一次喚她的名字嗎？他的聲音有這麼好聽嗎？為什麼在這種慌亂的時刻，她還會因爲他喚她而感到有點腿軟？

「這是作弊。」李烽皮笑肉不笑地扯唇。

「啊啊啊啊啊！我用的是注音輸入法，我怎麼會知道別種輸入法怎麼拆字，你不放水，我就猜不到了啦！」什麼嗓音溫柔都是浮雲，藺如眞哀號，試圖想賴皮。

「Q。」李烽望著她手裡拿著的《地獄變》，嘆了一口氣。

「Q？」藺如眞喃喃，又指了指隔壁那本《異位》。「那這本呢？」

「Q。」

「也是Q？」看來眞是照字根！藺如眞小聲歡呼，趕忙再指。「那這兩本呢？」

「都是W。」她指的是《流》和《津輕》。

Q？W？就算他是用字根排列，但Q之後怎麼會是W？這太難纏了。

「這本呢？」蘭如眞繼續努力。

「E。」

「E？」蘭如眞慘叫。怎麼會是E?!怎麼想都不可能是E！

「那本呢？那本也是E？」頭好痛，再想不出來，她就眞的要和這本《死亡之歌》一起死亡了啊。

「是，也是E。」李烽望著她苦惱模樣，愛莫能助地聳肩，挑眉指了指餐桌。「先吃飯吧，作弊的蘭同學。」

可惡！幹麼挖苦她啊？她這麼努力，她才不要這麼快放棄！

蘭如眞恨恨地瞪向餐桌，視線再拉回至書架，中途瞥見李烽的工作桌、電腦……滑鼠……鍵盤？對！鍵盤！

「Q、W、E……接下來是R對不對？書名首字字根，依照鍵盤排列方式排列，對不對？」快說「對」！蘭如眞簡直興奮得想尖叫了。

難怪她一直覺得Q、W、E這順序有種莫名的熟悉感，幸好以前還練過幾次英文打字。

李烽花了幾秒鐘思考放水究竟是不是正確的決定。

「願望、願望！快讓我許願！」蘭如眞知道她一定猜對了，樂不可支。

「半個。」

「什麼半個？」

「願望。作弊扣一半。」某人剛正不阿。

「要不要這麼小氣啊你?!」「女王」難道還有喊一半的嗎？蘭如眞氣極。

「不要拉倒。」

「要！」蘭如眞沒志氣地奔回廚房，瞬間又打起精神，眉開眼笑地站到他眼前。

「嗯？」李烽盤胸，嚴陣以待。

她如此雀躍，令他從頭到腳都充滿了不妙的預感，他究竟爲何要因爲一時心軟，將自己推向這種處境？

「我要許願！」雖然有點心痛，但「女王」掰掰，蘭如眞雙手合十，擺足了許願的架式，振奮大喊。

「說。」李烽的背脊越來越涼了。

「我希望你能喜歡你自己！」

這什麼莫名其妙的鬼願望？和他預想中的截然不同，李烽瞇眸，默默揚高了一道眉。

果然，老樣子，蘭如眞又自顧自解釋下去了——

「我啊，我當初讀太宰治的時候，深深被他的自厭與憤怒嚇了一大跳，我那時就想，假如我是他的讀者，我才不會跟著他去殉情，我想要他活下去，跟著我一起活下去，一起看見這世界很漂亮，一起感受這世界很幸福很好。」

蘭如眞一鼓作氣地訴說，回想起當時的感受，皺了皺鼻子，充分顯示出她對殉情的不以爲然與不認同，說得無比認眞。

她覺得，李烽很像太宰治，那麼有才華，那麼絕望，那麼自厭……那麼，令她心疼。

「李烽，我覺得這個世界很好，是因爲有你在，所以才很好。因爲是這樣的你，不完美的你，受過傷的你，就是因爲有這個你不喜歡的『你』存在，才令我感到幸福。我知道你對自己有好多要求，有好多自責，我幫不上你的忙，但是，能不能因爲我，相信你的存在是有意義的，並且去試著喜歡這個你討厭的，不完美的『你』呢？」

只要，能夠得到很多很多愛就可以了吧？

只要能夠得到很多很多從來沒被愛夠的愛，就可以不討厭自己了？就可以不再否定自己了？就會相信自己是個値得被愛的人了吧？

假如可以的話，她很想再給他更多一點，再多一點，傾盡所有。

「不要再追求萬無一失了，我不會因爲你的缺點不愛你，而且，你已經很好很好了，眞的。」蘭如眞說得很努力，非常努力，畢生從未如此努力，但李烽僅是直勾勾地盯著她而已，不發一語。

「說點什麼。你都不說話，我很尷尬……」秒針靜悄悄往前推動了好幾格，氣氛僵凝得令人手足無措，蘭如眞吞嚥了好大一口。

「喜歡我是妳的事情。」李烽面無表情。

蘭如眞聽著他無波無瀾的回答，緊張期待的表情瞬間黯淡下來。

果然還是太強人所難了嗎？

「妳負責喜歡我，我只要負責喜歡喜歡我的妳就好了。」李烽推了推眼鏡，盡量使自己聽來波瀾不興。「一半。很公平。」

什麼一半？願望一半？她喜歡他一半？還是他喜歡她算一半？蘭如眞狐疑地抬首。

總之，不管怎樣算一半，這應該是他拐彎抹角著說他喜歡她的意思吧？這應該是他目前唯一能夠做的妥協與讓步吧？

他沒有因爲想令她安心，所以胡亂答應她，這樣很好；她喜歡他，他負責喜歡她，一人一半，也很好。

蘭如眞琢磨完他的答案，前一分鐘還垮著的臉龐瞬間笑逐顏開，唇角不禁彎了道甜甜笑弧，既開心又害羞，咬著下唇，壓抑不住內心躁動的甜蜜感。

亂七八糟的情緒衝湧而上，腦袋似乎都變成粉紅色的，蘭如眞情不自禁走上前，踮起腳尖，仰著臉碰了碰他嘴唇，給了他一個輕輕淺淺的吻。

這是她第一次主動吻他，她很緊張，非常緊張，即便只是這樣蜻蜓點水般的觸碰，也令她手心冒汗，呼息急促。

她離開與他相貼著的唇瓣，足跟著地，深深睞著他，也被他深深凝望著。

他的眸光總是好深邃，似乎能夠望進她心底，令她有種赤裸羞窘感，正想垂顏迴避他目光，李烽卻比她先低頭，吻住她嬌豔欲滴的唇。

假如，早知道她會許下這樣的願望，他不介意將書本排列得更簡單一點；假如，早知道此時會這麼喜歡她，他不介意之前對她更好一點。

他吮吻她雙唇，很想將她的氣味嚥得再更深一點，很想將她柔軟的身體抱得再更緊一點，即便將暖燙的舌餵入她嘴，熱切地與她勾纏，仍覺得那麼不滿足。

他攬過她後腰，身軀與她的緊緊貼合，細細碎碎的吻從她的唇吻到眼、鼻、臉頰，落到她耳垂，敏感得令她瑟縮躲了下，又接著轉而啃咬她的脖子。

好癢……全身無力，快不能呼吸，只能軟軟地賴在他身上，任他爲所欲爲。

她可以清楚感受到她柔軟的胸部擠壓著他堅硬的胸膛，可以清晰感受到他的體溫，與她截然不同的肌肉線條，甚至可以聽見他在她耳畔壓抑的喘息。

他摟著她腰的手在她背後游移，若有似無揉蹭她肌膚，滑過她腰際，逐漸往下，輕刷過她臀瓣……單純依憑本能的行動看似全無技巧，卻能直接挑動最深切的渴望，她好燙……

「不行！」電光石火之間，藺如眞驀然推開李烽，用盡全身的力氣大喊。「不行不行不行！我今天穿的是三件一百元的內褲！」

三件一百元的內褲？

李烽愕然，四周立時鴉雀無聲，熱氣直衝腦門，藺如眞從來不知道她的臉可以漲紅成這樣，關公跟她相比可能都會輸，她眞的不會腦溢血嗎？

「我、我是說……」突然冒出的內褲是怎麼回事？她的腦袋裡究竟都裝了些什麼？藺如眞對自己好無能爲力，一定得想辦法解釋一下。

「哈哈哈哈哈！」李烽才不管她想解釋什麼，瞬間爆出大笑，簡直笑到快斷氣了。

「妳在期待什麼？女朋友。」語末的女朋友三個字絕對是說來讓她更糗的。

「我才沒有期待！」看來殺掉他和自盡只能選一個了！藺如眞面紅耳赤，胡亂拿了個什麼東西扔他。

「嗯？妳期待的事情必須穿著一件三百元的內褲才能做？」李烽肩膀抖顫。上次這麼放聲大笑是什麼時候？他已經記不清了。

「對，至少要一件三……不對！你好煩！」藺如眞又想死了！

她的鏟子呢？可以挖個地洞直達地心嗎？

「我要吃飯了！」藺如眞頭也不回地衝到餐桌前坐下。

「吃飽點。」李烽扯唇，在她對面落座，話音中仍有幽微笑意。

眞好，他還知道給她臺階下呢！藺如眞扒了一大口飯，感恩地睞了他一眼。

「飽暖才能思淫欲。」李烽面帶微笑地補刀。

噗──藺如眞嘴裡那口飯差點噴出來。

太壞心了！什麼臺階都是騙人的！這下是吃還不吃好?!

可惡可惡可惡！把他當空氣！不要理他！藺如眞低頭拚命吃飯。

李烽望著她氣鼓鼓的模樣，支著額笑了，若有所思。

他似乎找到他一直想追尋的那樣東西了，那麼李陽呢？

他想要撬開束縛著他們的那條鐵鍊。

✵

週六早晨七點二十分，當藺如眞打開自家大門的時候，李烽已經倚在907門口等她了。

「早安。」藺如眞下意識摸了摸髮尾，拉了拉衣角，莫名感到有些緊張。

這是她與李烽第一次相約出門，雖然明明就住在對面，雖然明明只是要去還李陽鑰匙，可

她還是覺得有點像約會，光是挑選要穿什麼衣服，就花了近一個小時。

打開衣櫃，她似乎連件像樣的衣服都沒有，不像李烽，無論是多單調的黑衣服，POLO衫、針織衫、船領衫、高領圓領V領，隨便搭條牛仔褲休閒褲西裝褲，就是很好看、很有型。就像他現在，簡單一件黑色針織毛衣，外翻格子襯衫領口和袖口，靠在門框旁卻像幅畫一樣，老天爺眞不公平……

「在想什麼？」李烽看著她變化迅速的臉色，不禁出口發問。假如這是一本漫畫，他眞想看看她頭上的對話框。

「沒有，只是在想，這個時間冰場居然有開，好奇妙！李陽和我約八點時，我嚇了一大跳。」才不要稱讚他呢，免得他反過來嘲笑她穿得像村姑。

衣架子眞是惹人嫌啊！藺如眞趕忙岔開話題。「假日的冰場十點開始營業，原來八點就可以去了。」

「這時間不是每個人都能用的。」李烽頷首，說得平淡，早已司空見慣。

「教練才行？」

「嗯，要向政府提出公文申請，才有使用資格。」

「原來如此。」藺如眞還是一臉不可思議。

李烽瞅著她，唇角一勾，忽爾伸手撥亂她劉海。

她和李陽不熟，否則不會連這件事都不知道。

「幹麼啦？都亂了。」藺如眞匆匆將他手拍開，順了順前額的髮。

「沒什麼。」只是覺得，她是他的，只是他的，所以心情很好，李烽微哂。

「吃過早餐了嗎？」李烽問。

「還沒，但我已經想好了，我要吃麥當勞！」平時上班總是急急忙忙的，假日又老是睡過麥當勞的早餐時間，藺如眞昨晚便已雀躍地打好如意算盤。

「好。」李烽全無猶豫，將本就沒有完全掩上的907房門打開，把什麼東西擱進去，反手欲關房門。「走吧。」

「怎麼了？」藺如眞伸長脖子，奇怪地往門後探了探。「你放什麼？」

「沒什麼。」

「怎麼可能？我又不是笨蛋。」藺如眞一個側身，將他放在鞋櫃上的提袋勾出來，低頭往內一瞧——

「早餐？幹麼不早說？」裝著三明治和沙拉的玻璃保鮮盒分明就是早餐，藺如眞笑容燦燦。「謝謝。」

李烽摸了摸鼻子，有些不自在地問：「麥當勞呢？」

「照買啊，我吃得完。」男朋友當司機載她去還鑰匙，還特地早起幫她做早餐，怎能不吃？藺如眞笑得甜甜的。

「走吧，去開車。」李烽鎖好門，牽起她的手往外走，發現他越來越習慣，也越來越喜歡牽著她的感覺，唇角微揚。

「嗯。」蘭如眞愉快地跟著他往前走。

兩人拿了車，繞去得來速，蘭如眞吃完了李烽準備的早餐，又吃了一個麥當勞薯餅，就發現自己錯了，她吃不完。

「李烽，你幫我吃漢堡好不好？」她爲什麼要買一整個餐呢？一定是因爲當時很餓，蘭如眞楚楚可憐地搬救兵。

「……」李烽手執方向盤，瞇眸睞向她。

「偶爾吃一下垃圾食物也很好啊，漢堡冷了就不好吃了，拜託，沒吃完雷公會劈我的。」

「……」又雷公？她小時候究竟是怎麼被教育的？李烽默默嘆了一口氣。

算了！她也是爲了要把他準備的早餐吃完才會這樣，幫她吃就幫她吃吧，即便他很討厭麥當勞。

「嗯。」李烽淺應，沒有發現他這種姑息她的行爲很有縱容和溺愛的嫌疑。

「喏，給你。」蘭如眞一聽他答應了，二話不說地將漢堡舉高到他眼前。

汽車仍在行進中，李烽手搭在方向盤上，趁著四周無來車的空檔偏眸過來，用一種「妳怎麼這麼不貼心」的眼神掃了她一眼。

啊！都忘了，他在開車，哪來的手拆包裝？

這個她會，她在電視劇裡有看過，副駕駛座的人都會幫駕駛先將漢堡包裝打開一半，這樣可以方便他一手拿著吃。

藺如眞很開心地將漢堡包裝拉下來，湊到他眼前，沒想到李烽卻沒有伸手接。

爲什麼？是因爲車子還在行進中，不安全嗎？

藺如眞納悶地將拿著漢堡的手縮回來，果然，停紅燈時，李烽的眼神又飄過來了。

「現在吃嗎？」爲了保險起見，還是多問一句好了。

「嗯。」李烽的聲音和表情還是一樣淡淡的。

「好。」藺如眞再度將漢堡湊上去。

未料李烽還是沒有伸手接，只是垂顏咬上，直接就著她的手入口。

藺如眞被他一嚇，手上的漢堡差點滑掉，趕忙用另一手去扶，耳朵、脖子、臉頰瞬間都悄悄染紅。

這樣，很奇怪……她好像在餵他。不對，她根本就是在餵他，他爲什麼吃個漢堡要搞得跟調情一樣?!

從這個角度望過去，她可以清楚看見他掀動的眼睫，咬下食物時的雙唇，滾動的喉結……咕咚！他吃東西，她嚥什麼口水?!

「我肚子又餓了！」要這樣坐立難安地餵他，不如自己吃還比較好！

蘭如眞趕忙將漢堡拿回來，正要張嘴，發現李烽耐人尋味地看著她，唇邊隱約有股笑意，瞬間又被他看得心虛了。

都接過吻，幹麼怕吃他咬過的漢堡?!她……對，她就是小孬孬，她怕！

蘭如眞手忙腳亂地將漢堡折進包裝裡，像個小學生般，乖乖放在膝蓋上。

「不吃了？」李烽很有興味地問她。低沉嗓音懶洋洋的，很好聽，也很欠揍。

「我決定還是讓雷公劈好了！」蘭如眞快被他氣死了。

自從上次的內褲話題之後，他這種惡劣取笑她的行徑簡直越演越烈，好像一天不逗逗她、不整整她，就不開心似的。

李烽笑了，他的手指在方向盤上打拍子，顯然心情很好，非常好。

蘭如眞氣呼呼地瞪著他，心裡卻有點甜甜的，矛盾得難以招架，只好望向窗外，偷偷從後視鏡裡瞧他，被他發現，又佯怒地撇過頭去。

車內氛圍曖昧，室溫硬生生烘騰了好幾度。不多時，兩人來到目的地，李烽將車子停在冰場門口，話音中猶有愉悅笑意。

「我去停車，妳先進去。」

「好。」謝天謝地，終於可以暫時離開壞心大魔王，好好冷靜一下了，蘭如眞如釋重負，逃難似地解開安全帶。

不知道是因爲第一次談戀愛還怎樣，爲何與李烽獨處總是這麼緊張呢？好像隨時都會因心跳太快，休克而亡一樣。

「如眞。」蘭如眞正要打開車門，驀然又被李烽喚住。

「嗯？」

「帶著。」李烽在她手裡塞了樣東西。

「暖暖包？」蘭如眞驚異地伸手接過。「已經是熱的了耶。」

「出門前就拆了。」李烽說得自然。

「沒見你拿呀。」

「放在口袋裡。」

蘭如眞偏首想了想，停頓了會兒。

「……其實，你不用連談戀愛都強迫症的。」先是說要開車載她來，幫她準備早餐，現在居然連暖暖包都出現了，還特地提早放在口袋裡讓它暖？簡直太無微不至了，這樣不會壓力很大嗎？蘭如眞受寵若驚。

「無妨，反正是最後一次了。」李烽聳了聳肩。

「什麼最後一次？你該不會現在就要放生我了吧？」蘭如眞一愣，顯然嚇得不輕，有人分手這麼預告的嗎？

「最後一次談戀愛，最後一個女朋友。」李烽伸臂過來，手搭在副駕駛座的頭枕上，直勾勾望著她，說得坦蕩蕩，鏡片後的眼神非常理所當然，可搭在頭枕上的掌心卻微微冒著汗。

「最後一個？」最後的意思是什麼？藺如眞琢磨了會兒，小心翼翼地開口。「……是指，不會再交女朋友的意思嗎？」

「嗯。」李烽頷首，微汗的掌心似乎更燙了。

藺如眞偏首，咬了咬下唇，問得更小心了。「你是指，我們要一直在一起，永遠不分開的意思嗎？」

「妳說呢？」她爲何這麼笨？老是要人回答得露骨？

她問得如此坦白，難道都不會難爲情嗎？李烽驟然想扭斷眼前那截小脖子，彆扭得連殺意都出現了。

可他卻瞪得藺如眞直想笑。

彆扭什麼？他才陰險呢！什麼最後一次？突然甜言蜜語是哪招？措手不及地攻來，毫無防備，殺得人家片甲不留，根本不道德嘛！還敢瞪她?!

而且，他一臉正經外加面無表情，格外顯得她此時的心頭怦怦、小鹿亂撞像個傻瓜。

「你眞的很煩。」藺如眞打開車門，飛快吻了下他臉頰，然後跑了。

這哪裡是覺得他很煩的表現?李烽望著她迅捷逃走的背影，不自禁笑了。

她沒有覺得他很煩，就如同他也沒有表面上表現出來的如此鎮定。

想對她很好很好，也想和她走很久很久……

於是，想將鑰匙還給李陽，想和路歡重新換約，想讓一切都回到該回到的位置，想讓那些自責、愧疚，任何不該存在於他們兄弟之間的羈絆通通消失。

想，重新開始，和他的最後一個女朋友。

李烽銳利眼眉難得溫柔，踩下油門，驅車駛向停車場。

13

走進冰場，早晨的冰面上學員三三兩兩，十分空曠，就連看臺區也沒有幾個人，藺如眞一眼就找到坐在觀眾席最高處的李陽。

「李陽。」她走近，朝李陽揮手。

「如眞？妳來了？早，吃過早餐了嗎？」李陽衣著休閒，身上搭著教練背心，俊朗眉目依舊一派溫煦，神清氣爽，教人瞧著舒心。

他朝藺如眞擺了擺手，指著身旁空位，示意藺如眞坐下。

「吃過了，你呢？」李陽果然總是這麼體貼，藺如眞點頭，坐到他身旁，臉上不自禁浮出微笑。

「我也吃過了，謝謝如眞。」李陽向她回以一笑，愜意地舒展長腿，慵懶往後倚靠。

腿長的人眞沒天良，他的茶色眼睛還是好漂亮，撇開眼睛的顏色，與散發出的氣質不談，李陽和李烽眞的好像……

藺如眞打量著李陽閒適晴朗的姿態，驀然驚覺世界上有個和男朋友長得一模一樣的人，眞是件詭異到不行的事。

明明他們就長得一模一樣，卻又那麼不一樣；她才剛吻過另一張同樣的臉，如今和這一張臉說話，卻有點客套……

「你不用上課？」想什麼呢？藺如眞趕忙將飄移的心思拉回來。

「不用，我只是剛好輪到早値，來整理冰面。」李陽伸指比向下方冰面。「妳看場中央那個女生，她是上善目前最出色的學員，今年才十五歲，是這次亞洲洲際賽的冠軍。」

「好漂亮！」藺如眞跟著他手指的方向望，忍不住發出驚嘆。

怎麼可以有人在一片白茫茫的視野裡，耀眼優美得像精靈一樣呢？

不過，看到十五歲女孩身旁的上善，又覺得好像不需訝異，而且，上善似乎更美……

「是啊，洲際賽才剛結束，還是練習得那麼認眞，和當年的上善一樣拚命，眞是名師出高徒。」李陽說著說著便笑了，唇角因回想起往事而勾起，神情看來十分柔軟。

是她的錯覺嗎？爲何覺得李陽提起上善的口吻聽來特別溫存？是她多心了，還是她一直以來都沒發現？

「喏，李陽，這還你，907的鑰匙，謝謝你。」藺如眞想起正事，趕緊從包包內翻出鑰匙。

「不客氣。不需要了？」李陽接過鑰匙。

「嗯，不需要了。李烽有給我一把。」脫口說出之後，藺如眞猛然一愣。

雖然沒有特別隱瞞的必要，但她這樣說，是不是等於告訴了李陽，她和李烽正在交往？

「嗯。」李陽收起鑰匙，微微頷首。

「你怎麼一點也不驚訝？」倒是藺如眞看起來比他更訝異，這是什麼情況？

「不驚訝，我媽上次說，有個女生把她趕出李烽的房子，我想，應該就是如眞吧？你們交往了？」李陽聞言笑了。

啊……都忘了世界上還有媽媽這種生物……

「伯母她……她很生氣？」藺如眞圓圓的眼睛不自在地瞬了瞬，怯生生地問。

「氣極了。」李陽實話實說，笑得很愉快。

藺如眞瞬間露出大難臨頭的表情。

怎麼辦？當時沒想過她會與李烽在一起，所以，那個，呃，她等於是朝了一個很有可能變成她婆婆的人亂吼亂叫了一通……

世界末日不過爾爾……現在一頭撞進冰面能死嗎？

「不要緊的，我反而很高興，有妳能擋在我哥前頭。我媽那邊，等她過陣子氣消了，我會想辦法解決的。」藺如眞不用說，李陽就能夠從她臉上變化精采的表情得知她內心所想，出聲安撫。

怎麼李陽聽起來一副司空見慣的樣子？藺如眞疑惑抬眸。

「伯母她……她的情緒總是這麼不穩定?」其實藺如眞眞正想說的是「總是這麼歇斯底里」，幸好她修飾了一下，聽起來婉轉多了。

「嗯。習慣就好。」李陽淡淡揚笑。

這麼簡單一句「習慣就好」，可是藺如眞卻覺得聽起來好像很苦，面對情緒不穩定的人眞能習慣嗎?更何況那人還是母親，就算想罵她兩句、打她兩拳都不可以。

「伯母現在跟你住?」

「是啊。」

「……你也很不容易。」藺如眞淺淺嘆了一口氣。

「除了哥之外，她只有我這一個兒子，而且她將一切都賭在我身上，無論是金錢、人生或成就，她比我更不容易，我別無選擇。」李陽笑著聳肩。

他這麼輕描淡寫，藺如眞卻突然覺得他好可憐。

算了，她不想撞冰面了，冰面還是留給婆婆撞好了，才不管她是不是長輩呢!讓兩個這麼出色的兒子這麼痛苦眞是造孽。藺如眞鼓起臉頰，不禁生起悶氣。

「哥呢?他最近好嗎?」看著藺如眞臉色越發沉重，李陽貼心地轉移話題。

「還不錯啊，老樣子。他今天也來了哦，去停車，等等就進來了。」心思單純的藺如眞果然瞬間就被轉移注意力了。

「我哥也來了？」李陽訝異揚眸。

「是啊，你這麼驚訝做什麼？」藺如眞有點莫名其妙。

「以爲他再也不想見到我了，我本想……經過簽書會的事之後，他大概再也不會原諒我了吧？」李陽難得話音停頓，神色遲疑。

「他從來都沒有怪過你，爲什麼要原諒你？」藺如眞問得理所當然，眞心不懂，一頭霧水。

「他告訴妳的？」李陽揚眉。

「從他的作品裡知道的。」唐鈴從來沒怪過唐海棠，唐海棠也從來沒怨過唐鈴，她們彼此依靠信任，是對方最緊密的存在。這是多麼理所當然的事情，李陽爲何要對他們兄弟間的情感抱持懷疑？

李陽抿唇，沒有回話，藺如眞盯著他，很想從他臉上看出些什麼，可惜什麼也看不出來，正想開口說幾句話，李烽的身影便從冰場那頭出現，筆直地朝向他們走來。

「李烽來了。」藺如眞站起身，大大地朝李烽揮手，臉上雀躍神采是戀愛中女孩看見男友出現時才有的表情。

李烽一步步朝這裡走近，自從簽書會後便沒有與李烽碰過面、通過電話的李陽，莫名感到有些忐忑，待李烽一站定，他忙不迭地先開口：「怎麼不先告訴我要帶如眞來？可以把車停在員工停車場。」

「不要緊，一大早，車位好找。」李烽面色平淡地回。

「你們要喝點什麼嗎？」李陽指了指不遠處的販賣機。

「我不用，我肚子裡都是麥當勞的汽水。」藺如眞笑得有些難爲情，一大早喝汽水是人間一大樂事，雖然剛剛已經被李烽念過什麼不健康又傷胃之類的。

「哥呢？」李陽轉而問李烽。

「不，我有話跟你說。」李烽直接切入重點，令李陽與藺如眞一時間都愣住。

「那你們聊，我去找上善，上善好像上完課了。」藺如眞伸手指向正要從冰面上離開的周上善，很識相地起身。

「冷嗎？」李烽驀然攫住她手臂。

「不冷，暖暖包還在口袋裡呢，等等見。」藺如眞朝他笑得甜甜的，一臉幸福洋溢，走下看臺的腳步輕盈地像隨時都要跳起來似的。

「你們看起來感情很好。」四周氛圍甜膩，李陽望著藺如眞那三步併作兩步的孩子氣模樣，不禁笑了。

「是不錯。」李烽在李陽身旁坐下，可惜他一點想與弟弟談論感情狀態的興致也沒有，單刀直入掐重點。「爲什麼把我的鑰匙給如眞？」

「不好嗎？」李陽比誰都了解自家哥哥，睇睟睞向李烽，將問題拋還給他，嚴陣以待。

李烽縱然面無波瀾，實則殺氣騰騰，問話毫不留情。

「不是問你好不好，是問你爲什麼。」李烽跟著他瞇起長眸，視線凌厲地與他對望。

「覺得她很有趣，而且，效果確實不壞。」和李烽的肅殺相比，李陽語氣依然和暖，四兩撥千斤，平穩得教人生氣。

「是覺得她很有趣？還是覺得我會喜歡她？所以像個禮物一樣送到我身邊來？像當年的上善那樣？」李烽繼續再問，眸中風雨更盛。

「哥，我聽不懂你在說什麼。」李陽笑了，神情從容。

他想掩飾的那些，沒有人能知道，也沒有人應該知道；而他想保護的東西，向來在謊言背後。

「當年上善來學校看比賽場地，你跟她約好，卻臨時提早走了，甚至刻意不等我一道回家。你是故意的，故意要她認錯人，故意讓她認識我。」這些都是肯定句，不是疑問句。

他早就知道了，只是他從來沒提，爲著莫名的自尊心，也爲著想令弟弟好過。這就是他與李陽之間永遠的問題，他們彼此都用了謊言粉飾太平。

「哥，那麼久以前的事情，你現在要算帳未免太遲，我已經記不清了。」李陽的說詞與臉上的微笑始終如一，繼續維持相同論調，可李烽並未打算放棄。

「裝病、裝忙，每次上善來，你總是人間蒸發、憑空消失，用你一貫的伎倆。你知道我會喜歡她，因爲我們老是喜歡同一樣東西；你想拱手讓給我，像以往每一次一樣，就像你故意受傷、對媽說謊那樣。你想保護我，而我默許你，從一開始，這些事情就都是錯的，我跟你都是錯的。」

「哥，你眞的想太多了。」李陽輕哂，試圖想拍李烽的肩，卻被李烽一把揮開。

「你喜歡上善，爲什麼不說？上善喜歡的是你，你看不出來？」李烽瞪視李陽，忿忿指責。

李陽總是這樣。

他總是雲淡風輕地笑著，總是輕描淡寫地說著沒什麼；他總是想當個好兒子、好弟弟，強迫自己爲別人著想，屏棄所有該有的欲望與本能。

李烽一直都覺得，李陽和他一樣很壓抑，甚至比他更壓抑。已經夠了，他們之中的任何一個，都不該再這樣下去了。

好好地當個人，當個有缺點的人，就如同他此時正在向李陽咆哮一般。

「少瞧不起人了！誰需要你的同情？愛情哪能說讓就讓？親情也不行。你以爲這樣，我就會高興？我的幸福居然要用你的犧牲來換？你眞以爲這樣我會開心？」李烽越說越激動，站起身來，居高臨下地望著他。

「你從前總愛問我和上善爲何分手，好，我現在就告訴你，我和上善分手是因爲我並沒有瞎，我看得出來她喜歡的是你，也看得出來你喜歡的是她，一直都喜歡。我硬生生卡在你們兩人中間，就像鯁在你和媽之間那根挑不淨的刺一樣，無法開口、無法承認，我和你一樣內疚！一樣！」

「你不需要內疚，因爲事情並不是像你想的這樣。」李陽心跳得很快，口吻卻依然持平。「哥，情緒不要激動比較好，我會擔心你。」

這是實話，李烽聽了卻更生氣了。

是，李陽擔心他，李陽向來都擔心他，他比誰都明白。

怎麼逼都逼不出他的眞心話，怎麼撬都無法撬開他心防，而他卻還在擔心他？好，很好。

眞不愧是他的好弟弟，眞不愧是與他依附雙生的另一半，與他同等的頑固頑強。

李烽抿唇一笑，拉了拉衣領，做了一件多年來一直想做卻沒有做的事——一拳重重地往李陽臉上揮過去！

✵

「上善！」從李烽、李陽身邊離開之後，藺如眞走下看臺，朝上善的方向跑過去。「妳下課了？」

「是啊，下課了，讓學生在場上自由練習，有事再來喊我。」上善腳步一停，並不意外被蘭如眞喊住，剛剛她已經在場邊發現蘭如眞的身影了。

「要回家了嗎？」蘭如眞跟著她前行。

「哪有那麼好？我今天八堂課，下個學生再過半小時就到了，所以得趁著空檔休息吃東西才行，我好餓。」周上善走進教練休息室，將蘭如眞一起拉進去，關上門扉。

「吃嗎？李陽買的，這個牌子的巧克力很好吃哦。」周上善打開置物櫃，喝了幾口水，又拿起一袋巧克力條，遞了一條給蘭如眞。

「不要，謝謝，我超飽的，我的包包裡還有半個漢堡呢。」蘭如眞搖手拒絕。

「那我自己吃嘍！眞的不吃？」上善舉著巧克力條，在蘭如眞眼前晃呀晃，一副「妳不吃絕對會後悔」的模樣。

「妳盡量吃，不要介意我。」蘭如眞被她逗得笑出聲。

上善眞的很可愛，就連同爲女性的她都挺喜愛她的，不難想像當初李烽與李陽都會被她吸引，她的追求者肯定不少吧？

「我才不會介意妳呢。」上善笑著撕開巧克力包裝，愉快地咬下，一邊吃，一邊發問。

「妳和李烽一起來的？」

「妳怎麼知道？」

「我有看見妳和李陽在場邊說話，接著過了不久，又看見李烽從場外走進來，女人的直覺，猜的。」

「妳老是一邊上課，一邊注意看臺？」她剛剛明明看見上善很認眞在授課。

「我視力好嘛！」上善嘻嘻哈哈，笑得甜美得意。「而且，我還知道妳爲什麼來找我哦，一定是因爲想讓他們兄弟倆好好談談吧？他們兩人從上次簽書會之後就沒說過話了。」

「妳眞是冰雪聰明。」蘭如眞笑著附和。

「聰明的不只這件呢，我還知道妳和李烽交往了。」上善得意洋洋，嚼著巧克力的雙頰鼓鼓的。

「咳咳咳！」蘭如眞差點嗆到。

現在是怎樣？她是有把這件事寫在臉上嗎？爲什麼從路歡、李陽，到上善，大家都一副明明白白的樣子。

「我沒說錯吧？」上善幫她拍背順氣，笑得很愉快，又有點壞。

「爲什麼？」好啦、好啦！大家都去擺攤算命就好了呀！蘭如眞賭氣地想。

「妳寫在臉上啊。」

「最好是啦！」

「啊——眞不甘心啊，居然連李烽都交女朋友了。」上善將吃完的巧克力包裝扔進垃圾桶裡，轉眼又拆了一條，發出感嘆。

「妳和李烽分手之後，難道一直都沒有交男朋友嗎？」這樣吃居然不會胖？蘭如眞悲憤。

「是啊。」上善繼續吃著巧克力，點頭。

「爲什麼？」她身邊的男人難不成都瞎了嗎？

上善見她問得認眞，惡作劇的念頭又悄悄冒出來了。

「假如我說，我一直到現在，都還是喜歡著李烽呢？」

蘭如眞心口一跳，腦子有一瞬間空白。

「那……那就只好消滅妳了。」蘭如眞想了想，回答得和周上善預料會聽見的答案差了十萬八千里。

「什麼？」上善一愣。

「就是字面上的意思啊。」蘭如眞直視她雙眼，回答得非常認眞。「有些事情，是絕對不能退讓的，我喜歡李烽，他也喜歡我，不管誰來，我都不讓。但是，假如他喜歡妳，那我……那我也不要喜歡他了。」

「哈哈哈！」周上善消化了一下她說的話，輕笑出聲。「妳眞的好單純，又好坦白。」

「我不就是說實話而已嗎？」奇怪，爲什麼每次她說實話，大家都很不可思議的樣子，誠實是美德，小學老師都有教好嗎？

「假如，我也能說實話就好了。」上善驀然嘆了一口氣，拉了張椅子坐下。

「啊？」蘭如眞跟著坐在她對面，充滿疑惑。

「當初……和李烽分手的時候，我對於他疏遠我這件事感到非常不諒解，也非常受傷；直到我出國之後，人在異鄉，才發現好像不是這麼一回事。我很孤單，很疲憊，我很想李陽，總是很想聽他的聲音，很想和他訴苦……我……我本來以爲李陽只是我最好的朋友……」上善說到這裡，緊接著又喝了些水，卻一點食欲也沒了，不太敢看蘭如眞的表情。

「一個人的心裡怎麼能裝得下兩個人呢？李烽他……他早就看穿我了吧？他什麼都沒說，疏遠我疏遠得那麼無情，其實，或許，他比誰都貼心……我總是想著，應該要好好向他道歉，可是，每次看見他，又心虛得想逃，怎麼也開不了口……對於李陽，也……」所有聽見這件事的人，都會覺得她是個壞女人吧？就像她爲自己下的注解一樣。

但是，蘭如眞卻不是這麼想的。

「妳和李烽、李陽，你們三個人，你們大家，爲什麼都要這麼自責呢？」蘭如眞走到她身旁，其實很想大力搖一搖她的肩膀。

「妳當時才十七歲，那麼年輕，年輕本來就會很茫然，很不知所措，做很多蠢事啊！而且，李烽和李陽兩個人都很優秀、很好，即使妳一時心慌意亂了，弄不清楚自己眞正的心意，那都是情有可原，再理所當然不過的吧？妳想想，電視劇裡那些兜了一大圈，最後才明白自己心意的橋段從來沒少過，可見那就是能夠讓大家很有共鳴的經歷。妳饒了自己吧！李烽沒有怪妳，他若是怪妳，早就向妳興師問罪了。」

就是因爲李烽誰也沒怪，所以他才那麼痛苦。他認爲自己是多餘的，只苛待自己。現在好了，李陽自責，上善也是，他們三個人到底有完沒完？明明三人都很善良，究竟要懷抱著這些說不出口的心事到什麼時候？

「我——」上善正想開口說些什麼，休息室門扇上卻傳來一陣急促的敲門聲。

「上善教練！上善教練！」上善的學員在門外急匆匆地喊。

「怎麼了？」上善趕緊將門打開。

「上善教練，他們打起來了！」十五歲少女臉上全是驚嚇。

「打起來？誰？」

「李陽教練，和……另一個李陽教練？」

蘭如眞已經衝了出去。

✡

看臺上，兩個長得一模一樣的男人扭打成一團。

不知道方才經過一番多麼激烈的戰況，李烽的臉上和身上都有傷，衣衫凌亂，眼鏡早已不知道飛到哪裡去，渾身是汗；一旁的李陽也沒比他好多少，教練背心扔在地上，手臂上有傷有勒痕，衣服上有鞋印，一張俊顏紅腫青紫，恨恨將李烽拽在地上，氣急怒吼──

「你究竟要我說什麼？我沒有辦法照顧上善，你比誰都清楚！上善若是跟著我，勢必得和媽生活在一起，我怎麼能把她帶進這樣的生活裡來？」李陽狠狠揪扯著李烽的衣領，口吻憤恨，失去一貫的颯爽晴朗。

「假如是你，我可以說服媽讓你們搬出去，你們都可以離媽遠遠的，誰都不要被媽打擾。對！你說得對！我確實很恨你，爲什麼我這麼珍惜上善，你卻讓她哭了？你爲什麼沒有好好照顧她？爲什麼?!你爲什麼不能代替我愛她?!」

說不出口的眞心話，那麼傷人；眞說出口，也同等折磨。

他一身斑駁，和他的雙生兄弟一樣傷痕累累，明明那麼想保護對方，那麼愛對方，也那麼恨對方。

爲什麼要這樣逼他？他早就無路可退。

想狠狠揍他，也很想被他狠狠地揍，落在對方身上的痛楚像剜在自己血肉上一樣，那麼清晰，那麼痛苦，那麼難以言述。

「李陽，你冷靜一點！有話好好說！」李陽正要揮拳落下的手被藺如眞死命抓住。

跟著藺如眞一起跑來的上善腳步僵凝在原地，渾身血液像被抽乾似的，不太敢相信自己方才聽見了什麼。

李烽偏眸，注意到上善，知道李陽剛才說的話已經全部都被她聽見了，情不自禁望著上善笑了。

他的身體很累、很狼狽，可是心裡很輕鬆、很踏實，如釋重負，從不曾如此輕盈滿足。

「對我弟弟好一點。」李烽驀然開口。

周上善看著他，頹坐在地，驟然掩面哭了。

空氣中似乎有什麼斷裂了，也似乎有什麼重新連結了。

銀色的冰上世界白茫茫的，回到最初的純粹。

✴

「你到底是哪來的自信，覺得你可以跟一個運動員打架？」

藺如眞與李烽兩人回到903號房之後，李烽迅速沖了個澡，藺如眞捧著醫藥箱，等在907，一見他吹好頭髮走出來，急急忙忙拉著他在沙發上坐下，一邊爲他消毒擦藥，一邊碎碎念。

「我想被揍。」李烽慢條斯理地答，看著藺如眞堅持爲他上藥的認眞模樣，一方面覺得她實在小題大作，一方面又覺得她很是窩心，望著她的眼眉微微帶笑。

「這我也辦得到好嗎？」雖然李陽的傷勢看起來也沒比他好多少，但她就是很想嘮叨一下，藺如眞瞬間大力拍了下李烽傷口。

嘶——她聽見他疼得抽氣，不要管他，不要理他，不要對他心軟，他自找……

「知道痛了喲？」呼——沒志氣地一邊吹氣，一邊幫他上藥，最後再貼好ＯＫ繃。討厭！

藺如眞瞪著他，一一檢查他的手臂、膝蓋，還有哪裡該貼的沒貼到，好不容易大功告成，闔上醫藥箱，坐到他身旁，視線拉回至他臉上，直勾勾盯著他瞧。

他的頭髮雖然吹過了，但猶帶著些微水氣，身上香香的，淨是沐浴過的香氣；額角、下巴、鼻梁都有傷，絲毫未減他的俊美，反而，有種難言的……性感？

「你本來就知道李陽會說出這些話嗎？是故意要讓上善聽見的？」不要胡思亂想，就算覺得他看起來秀色可餐很好吃，也不要想些有的沒的，藺如眞開啓話題。

「有預期，也沒預期。」有預期李陽會說，但沒預期會說這麼多，也沒預期上善會恰好聽見，李烽淡淡地答。

他說得模模糊糊的，藺如眞卻覺得她好像聽懂了。

「上善和李陽……他們會變成怎麼樣？」藺如眞瞅著他發問。總覺得，很希望他們有情人終成眷屬啊！

「不知道。」李烽聳了聳肩。

「假如他們在一起的話，你會尷尬或難過嗎？」藺如眞想了想，問得小心翼翼。

「女朋友，妳關心別人太多了。」李烽的眉心聚攏，伸手掐住她臉頰，顯然有些不高興。

「我才不是關心別人呢！」藺如眞惱羞成怒把他的手拍開，揉了揉發紅的臉頰！可惡！他捏得好大力！要算帳大家來算啊！

「我明明就是關心你好嗎？你居然還敢來找我麻煩？我沒跟你算帳就不錯了！」

「跟我算什麼帳？」李烽挑眉。

「還敢說？你這個大騙子，明明前幾分鐘才說我是最後一個女朋友，你的眼睛鼻子耳朵身體就應該通通都是我的，不愛惜身體，找別人打什麼架啊？再有，明明我才是女主角，男一、男二打架居然不是爲了我?!」怎麼想怎麼生氣，太忌妒上善了，可惡！

想到哪裡去了啊？李烽失笑。

「妳想太多了，沒有男二，妳只有我而已。」

「……」她現在是被放箭了？還是被甜言蜜語了？藺如眞頓時感到好錯亂。

「你心情很好？」藺如眞發現，李烽很會這樣一邊戳她，一邊毫無預警拋出黏纏情話，這種變態技能實在太強大，會令人一瞬間停止心跳，簡直太危險，必須好好轉移話題。

「嗯。」李烽扯唇一笑，毫不否認。

「眼鏡壞了，沒關係？」藺如眞指向茶几上的眼鏡屍體。

「再配就好，恰好定期檢查視力的時間也差不多到了，或許剛好可以調整一下度數？」

「我本來以爲你的眼鏡只是裝飾品。」藺如眞由衷地說，她曾經以爲眼鏡或許只是李烽用來不要與李陽太相似的保護色而已。

「不是，而且我視差很大，不戴眼鏡很容易頭暈。」他發現，她的問題著實很多。好吧，這不稀奇，稀奇的是他回答她提問的耐性顯然提高不少。

這大概是某種女友特權，他喜歡她對他的任何好奇，李烽微微一哂。

「爲什麼？」藺如眞再度拋出疑問，視力很好的她無法理解。

「因爲兩眼看到的物體大小與顏色都略有不同，無法平衡。」

「眞的？」

「當然。」

「那……」藺如眞興起，單手遮住他的右眼，再換左眼。「這隻眼睛看見的我比較美？還是這一隻？」

「兩隻都閉起來最美。」李烽面無表情，說得無比認眞。

「喂！」藺如眞氣得打他。

「今天是三件一百元的內褲嗎？」李烽也不還手，笑著被她揍。他眞喜歡看她被他惹得氣鼓鼓跳腳的模樣。

「都什麼時候了，你還有心情取笑我?!」還沒氣夠呢，居然還補刀？蘭如眞氣極了，眞懊悔剛剛沒在他傷口上倒雙氧水！

「如眞。」

「幹麼啦！」惱羞成怒的笨蛋氣沖沖的。

「那是給妳的。」李烽驀然指向櫃子上的紙盒。

「是什麼？」她一愣，那是一個四方形的紙盒，簡約設計，色調清爽，看起來很高雅，很像……禮物？

「去看。」李烽推了推她。

「啊？噢，好。」蘭如眞聽話起身，剛剛在和李烽吵些什麼全忘光了，走到那個紙盒前，內心有些緊張，心跳撲通撲通跳得好快。

是給她的禮物！她受寵若驚，萬分驚喜，走向紙盒的腳步掩不住雀躍。

她一直都覺得，禮物最令人開心的部分，不在於禮物本身的價値，而是送禮之人想念她的心意。

光是想像著李烽在一個她看不見的時刻，親自爲她挑選著要送給她的物品，只要想像著這樣的畫面，就足以令她心跳怦然，高興得不得了。

蘭如眞無比期待地將盒蓋打開，卻在看見盒內物品的瞬間，臉色乍紅，像看見鬼似地將盒蓋蓋回去，想殺李烽的念頭又湧上來了。

是內褲！五顏六色的內褲！

可愛的、性感的、華麗的、樸素的，各式各樣，不同質料的內褲！

她要消滅他！雙氧水呢?!

蘭如眞正要回頭找凶器，卻被一把摟住，猝不及防，李烽站在她身後，伸手環抱她，將她納入懷抱，緊緊收攏，下巴抵靠她髮心。

「等妳準備好的時候，我很快就會把它脫掉的。」從她頭頂傳來的男嗓低低的，有點令人頭昏。

「你在說什麼?!你好色情！」超煩又超壞的！可是爲什麼有種詭異的甜蜜感？蘭如眞覺得她就要精神分裂了！

她有一天一定會被他逼瘋的，她爲何會喜歡上這麼難纏的傢伙？

蘭如眞回頭想打他，李烽卻反而纏抱得更緊。

「如眞。」他喚她的聲嗓很是好聽，隱約藏著些彆扭。

「幹麼啦？」蘭如眞氣悶，卻安分讓他抱著，不再回身躁動。

他似乎想和她說些很重要的話，就像她當時躲在他背後，遲遲不敢坦白說出簽書會的事時一樣。

她乖，她認眞聽，只要他願意說，她總是聽的。

「就算閉著眼睛，也是看得見妳的。」李烽不明不白地拋出這句，接續的卻是之前視差大的話題。

「什麼？」蘭如眞一怔。

「即使兩眼都閉起來，即使妳不在眼前，確實是看得到妳的。趕妳出去的時候，才明白。」他吞嚥停頓了會兒，令蘭如眞的心跳彷彿也停止了會兒，再度恢復跳動時，彷彿連血液都奔騰得更快了。

「你的甜言蜜語好可怕……」蘭如眞握住他放在她腰上的手，發現他的掌心微微有汗。他和她一樣緊張，她安慰了。

「我是作家。」

「少來，你是驚悚類型的作家好嗎？跟甜言蜜語有什麼關係？」

「喜歡一個人確實是全世界最驚悚的事。」心緒隨她波動，無刻不思念，還有哪件事比這椿更驚悚？

「嘖。」可以把喜歡一個人這種浪漫的事說成是最驚悚的事也只有李烽了，蘭如眞哼哼。

「喜怒哀樂都交給對方，很恐怖。」李烽五指一收，纏住她的手指。

藺如眞感受著他手上傳來的溫度，伸出另一隻手覆蓋他大掌，跟著他交纏對方手指。

她捏住他的指節，被他抓住；她逃開，他又跟上來，反而被她攫住，兩人扣指交纏，同時笑了，雙手牽得緊緊的。

直到雙手交纏的那一瞬間，藺如眞突然才心領神會，眞正明白了他想表達什麼。

他是鼓起了非常大的勇氣，才決定要喜歡她的。

被親愛的母親傷害了，被喜歡的女孩拋棄了，好不容易才鼓起喜歡她的勇氣，賦予她傷害他的權力。

她輕輕掙脫他懷抱，回眸注視他。

「我也想，一直跟你在一起。最後一個男朋友。」這樣說，他能明白的吧？她也有著如他般的心意，絕不會傷害他的，她會證明給他看。

「嗯。」他笑了。

「還有……」她抿了抿唇，唇色紅豔，眼睫顫動。

「嗯？」他揚眉，她嚥了口水。

「我今天其實……穿了很可愛的內褲……假如你脫太快的話，就看不到了。」

她垂眸睞向地板，整句話都是看著地板說的，笨蛋似地一直盯著自己的腳尖，從左腳看到右腳，再從右腳看回左腳，遲遲等不到頭頂上的回應，越等越尷尬，忍不住又怨恨地將眼神拉回至那個讓她尷尬得不得了的男人臉上。

「你爲什麼不說話？」快說點什麼！她困窘得快死掉了啊！就連現在盯著他也尷尬得快死了啊！他爲什麼不趕緊說些什麼解救她啊?!

可惜，藺如眞顯然永遠學不會教訓，李烽開口往往只是令她更尷尬而已。

「我在想，我『經驗豐富』的女朋友，不知道會不會『又』嫌棄我技術差？」

「呃？」藺如眞足足石化了好幾秒，羞窘得不像話。

「幹麼又笑我?!上次都說我不是故意的了嘛！而且我哪有經驗豐富？我——我我我——」

藺如眞支支吾吾，直到在李烽眼裡看見一抹壞笑。

「你又玩我?!」藺如眞死命揍他。剛剛幫他上什麼藥？應該讓李陽打扁他的！「你好煩！踢公伯啊！難道經驗零這種事也要坦誠以告才能做嗎？討厭！壞心腸！壞嘴大魔王！」

藺如眞追著李烽邊跑邊打，李烽邊跑邊笑，心情好得不可思議，最後不知道怎麼回事，約莫是在某人蓄意、某人無意識的情況下，她就已經被拋到李烽的床上，氣喘吁吁地望著他。

「我很緊張。」李烽俯身睞她，唇邊壓抑著的喘息不知是來自於方才的追逐，還是來自於對她的欲望？難得開口，赤裸裸的坦白，他心跳得快，難以想像，有一天能被她撩撥至此，無所遁藏。

「我——」她才是緊張得快休克了，蘭如眞又想說些什麼緩解她的緊張了。

「噓。」可惜李烽不再讓她說話了。

他吻上她的唇，將她壓進床鋪裡，熄滅了房裡的燈。

✲

和李烽說她穿了很可愛的內褲時，她是非常緊張的，可是她從沒想過，她現在卻會因此變得更加不自在。

李烽的雙唇覆蓋在她的之上，進掠輾轉，深吮輕舔；他的吻濕熱、柔軟、飽富情慾，卻會偶爾停下，專注靜深地睇望她，再繼續纏吻而上。

蘭如眞軟膩地黏纏著他的唇，時而與他對望，感受他的體溫與呼息，心跳得很快。

他的大掌戀戀不捨地撫摸著她的頭髮、脖子、臉頰，來回輕觸，一寸寸、一點點的游移，明明沒有直接觸碰她敏感的女性部位，卻令她感到加倍燥熱難耐。

她不知道他是因為太過珍愛她，所以顯得小心翼翼，還是因為他太過缺乏戀愛經驗，所以才顯得有些笨拙，可是，她很喜歡他這股小心翼翼，很喜歡他總是這麼珍惜她的模樣，也因此感到更加不知所措，更加緊張心慌。

「我、其實……內褲好像也沒有很可愛……」終於，在李烽將手探進她衣襬，赤裸裸碰觸到她的肌膚時，她的身體敏感一縮，怯生生拋出這麼一句。

李烽停下動作，眉心微微蹙起，神情看來有些侷促，靜靜等候著她的下一句。

「我的品味沒有很好，身材也沒有很好，或許你不會喜歡我覺得可愛的內褲，對我的身材也會感到失望……」爲什麼要和喜歡的人坦誠相見這麼難呢？只要想到他可能會摸到她有點肉肉的腰、有點肉肉的肚子……就不禁越想越害怕，她是不是應該先減個肥，還得勤勞保養呢？

「如眞。」李烽將放在她衣服內的手拿出來，摸了摸她柔軟的頭髮，低聲輕喚。

「嗯？」不可否認，當李烽緊貼著她肌膚的手一離開，她便感到一股濃重的失落。其實，很喜歡被他觸碰，和情人肌膚相貼的感受那麼好……

「妳很害怕？」李烽顰眉睞她，問得不甚確定。

坦白說，手足無措的人不是只有她而已，他也會因爲她的反應感到心慌緊張；他沒有太多與女人相處的經驗，對於何時該進、何時該退的分寸，著實有些不知該如何拿捏，心臟撲通跳個不停，從未如此困惑煩惱過。

「唔……是有點……」藺如眞想了想，望進他的眼。

「如果妳很害怕，那就停下來，我說過要等妳準備好。」李烽又摸了摸她頭髮，微微笑了，說得很溫柔。

他的胸口明明起伏得很快，呼息也顯得濃重急促，可他的發言好溫暖又好體貼，看來有些迷惑的模樣竟令蘭如眞覺得十分惹人憐愛。

眞是不可思議，剛認識他時，只覺得他是個壞心眼大魔王而已，總是面無表情又冷言冷語，現在看見他這副壓抑困擾，甚至有點靦腆的模樣，既有成就感，又心軟得一塌糊塗。

「我是害怕你不喜歡，不是害怕……唔……不是害怕跟你……」蘭如眞咬了咬嘴唇，爲了令他明白，索性拉高自己的衣服，將他的手放在柔軟的胸房上，僅隔著一層薄薄的內衣布料觸碰她，雙頰紅豔。

「我每天都記著要穿成套的內衣，想著你不知喜歡可愛的款式，還是成熟大膽的那種，我很想讓你開心，總覺得已經挑了最好的，事到臨頭，又很擔心你不喜歡……」

李烽一愣，手指僵硬，視線牢牢盯著她羞紅的臉，再往下移到她半露的乳房與覆著蕾絲的青色內衣，遲疑了會兒，喉頭嚥了嚥，耳根也跟著紅了。

女人的身體好柔軟，他之前抱她時便深有所感。但是，直接觸碰到柔潤的胸房又更加不同，綿軟乳肉似水豐盈，柔嫩得不可思議，飽滿形狀看來如此誘人，他五指試探性地一收，立時掐出蘭如眞一聲淺吟。

他專注凝視她，她皺眉懊惱，像是很害羞，又很納悶她怎會發出這樣的聲音；他打量她半露在青色蕾絲之外的白皙，手指像被施展了魔法，依循著本能扣住她胸乳，緩慢地掐揉捻弄。

蕾絲質地柔滑，可遠遠不及她的肌膚觸感，他悄悄地將大掌探入內衣，捧住她瑰麗酥胸，大拇指來回輕刷過她豔紅色的乳尖。

被他觸碰的感覺很刺激、很詭異，也很令人興奮，藺如眞呼息加促，肌膚上不禁浮起小小疙瘩。

李烽感覺到她倒抽了一口長氣，呼吸節奏變得更加紊亂，大大鼓舞了他。

他抬起她雙手，大膽脫去她的上衣，將她渾圓的乳房從蕾絲布料中釋放而出；他瞇眸望著她，大掌覆蓋她美乳，情不自禁加重了愛撫她的力道。

滑膩雪脂隨著他的揉捏，在他的手掌中浪蕩變形；柔嫩乳蕾在他的指腹間被揪扯彈動，絕豔緋凜。

「李烽……」她微微弓起身體，乳尖微微發顫，像是很喜歡他的觸碰，又有點不好意思，想躲，又想迎合……不知該如何是好，只好低聲喚他，喚了，又不知自己究竟想說些什麼。

「嗯？」他俯瞰著她每一個細緻的表情，傾聽她每一次的呼息，不願錯過她釋放的每一個訊息，試圖想找出一個最能令她舒服的方式，變著法子擰揉她胸前柔軟。

「我……我喜歡你這樣碰我……」她眸光瀲灩地望著他，言詞露骨、芙頰暈紅，呼出的熱息噴拂在他臉上，含羞帶怯的模樣看起來十分無辜清純。

她總是這麼坦白、毫不遮掩，弓身貼合他掌心的動作太過魅惑撩人，簡直令人愛不釋手，李烽動手扯落她的內衣，傾身覆住她的唇，嚥進她每一聲因他而起的呻吟。

他一將舌頭探進她，她便急著吞嚥他，伸出舌來與他的交纏，既覺得她太過沒有矜持，偏又無法控制。

接吻怎麼就能夠如此挑人情慾？

他柔軟的唇舌占據她齒關，方寸間全是他的氣味；他戰戰競競地吻著她，唯恐磕碰她牙齒的顧慮令他顯得有種磨人的笨拙感，讓她感到可愛，又迫不及待。

她熱情地回應他的吻，舔舐他唇、捲裹他舌，纖手撫弄他寬闊的背脊，探進他衣服裡，撩高他的上衣，愛撫他強健肌理。

他精瘦結實，肌膚觸感與她的截然不同，充滿男人氣息，像在勾誘她觸碰；她渴求地吸吮他唇瓣，手指不禁滑過他側腰，攀爬至他胸膛，學著他捏弄的方式，放肆捻揉起他胸前小巧胸蕊，挑情無比地來回愛撫。

李烽身軀一顫，乳首挺立，被她擰弄得一陣酥麻，腿間的慾望勃發怒長，躁動不安。

他覆著她的唇離開她，在床上跪坐而起，信手拉去自己的上衣，露出好看的身體。

他身上有傷，可是藺如眞卻覺得他好美；他看起來有點靦腆，可是她卻覺得他好性感。她的腿心在發燙，汩汩沁出些什麼，極度渴望他的接觸與親近，焦急難耐。

她微微傾身，褪去她下半身的長褲，裸露出一雙白嫩玉腿，與特地挑選過的貼身小褲。

「我選了青色的，我想，不要太幼稚，又不適合太性感……」

青色的布料，像他身上青色的傷，是她邀請他的暗示，是他留在她身上的標記。

因爲非常害羞，她不自覺地扭動了下身體，環胸併腿，雙乳因此彈動，無意識的舉動令她顯得誘惑純美、欲拒還迎，平時總是那麼無害清純的模樣，此時看來竟如此魅惑勾引。

「……你喜歡嗎？」她喉頭嚥了一嚥，眨著大眼，盈盈注視他，很期待聽見他的回答，又很害怕。

李烽瞇深了眸，很想直接回答她「喜歡」，又很想繼續再欣賞著她如此緊張的神情一會兒，於是抿唇未答，視線緩緩游移過她周身上下，最後落在她身上的唯一那抹青色上。

薄薄的蕾絲布料，半透明的蕾絲之下隱約可見柔軟的覆毛，腿心之處微微隆起，藏著幽深的祕徑。

這是她特地爲了他而挑選的內衣，爲了讓他剝下而穿。她從頭到腳每一寸髮膚都是他的，爲了愛他而生，爲了成爲他的而來。

「不喜歡？」藺如眞被他望得極度不安。他的眸光好熱烈，偏偏又不說話，她不知道他在想什麼，一顆心七上八下，羞憤得就快死掉了。

李烽只覺得她咬唇羞怯的模樣太令人喜愛，很值得多看一會兒。

他沉默地伸出手，輕觸她腿間神祕地帶，手指停留在那片青色蕾絲上，沿著隱約可見的線條，緩緩爬梳凹陷溝縫，撫弄她柔軟嫩肉。

他將手指滑進她腿間，她便乖順地將雙腿張開；李烽揚眸注視她，她眉頭輕蹙，像在忍耐什麼，對他緘默態度又有些怨責賭氣，可愛得不得了。

「妳好燙。」他將指尖探那片軟布裡，十分訝異她的柔軟。不只柔軟，還很濕熱……他感覺到自己胯間的慾望更加勃動，即便被衣料束縛著，仍然跳了一跳。

「你害的。」藺如眞嬌嗔。她從來沒想過她有一天會「嬌嗔」，也從沒想過有一天會和他發展到這種地步，望著他的眸光灩灩，藏不住當中情慾流動。

他的手指有些粗糙，帶著長期握筆的薄繭，直接觸及她最柔軟的部分時，爲她帶來一陣戰慄的快感。有點疼，又很舒服……

下半身傳來陣陣刺激，她舔了舔唇瓣，發出媚人輕吟，乳尖顫動，很想他也伸手來碰一碰；她主動拉過他另一隻手，覆住一邊雪乳，扣著他手指，邀請似的開口：「這裡也……唔……」說到一半，害羞得說不下去，停頓了會兒，慾望終是凌駕而上。「……這裡也揉一……啊……」

她話還沒說完，李烽便用力握住她胸乳，順遂她心願，掌心磨蹭她挺翹乳蕾，反覆掐揉；另一手迅速卸除了她的底褲，擰住她充血腫脹的蕊蒂，手指撐開她層疊嫩瓣，依循本能地在她暖熱的徑口畫圓。

她太主動，而他喜歡她這麼主動；聽她爲他發出呻吟，看她爲他腰肢顫抖，大腿浪蕩地爲他分開……喜歡得不得了，一切依循原始心願，仰賴本能，不需學習。

李烽拉扯她綳凜乳芯，掐住她顛晃的乳肉，張口含進嘴裡，舌頭頂弄著她豔蕾，偶爾惡作劇似地輕咬，在她發出更大的呻吟聲之前，順勢將手指滑進她幽狹的暖徑裡。

她好濕、好燙……似乎比剛剛更燙；她十分緊窄，指尖觸感既細緻又粗糙，手感奇異，如此撩人。

他無法自制地探究起她與他截然不同之處，手指輕徐抽撤，隨著呼息的濃重，逐漸轉爲粗暴；性交似的頻率，令她柔媚呻吟，淌出更多歡迎他的汁液。

「你也要脫掉……」藺如眞一邊喘息，一邊伸手過來扯他的褲釦，笨拙但急躁地拉扯他的拉鍊；李烽起身，卸除那件礙了她眼的褲子與底褲，腿間難耐的慾望彈跳而出，一覽無遺。

她看著他赤裸的下半身，覺得男人的性器長得猙獰恐怖，一點兒也不好看，可爲何她居然會因此感到心跳加速，甚至還期待得不得了？

是因爲對象是他吧？她想掠奪他，也想成爲他的。

她張開腿，像個蕩婦，腿間蕩漾著晶瑩液體，看著他打開床頭櫃旁的抽屜，爲自己戴好了保險套，期待他壓到她身上來，狠狠擘開她，成爲她的。

「何時買的？」她忍不住在他覆上她時問，指的當然是保險套。

「妳暗示我的時候。」他吻了吻她額心與鼻頭，更加分開她的腿，矯健的身軀伏嵌其中，調整了下姿勢。

「我哪有暗示你?!」有人不服。

「三件一百元的內褲？嗯？」他手指探到她身下，確認了下她柔軟的位置，微微撐展她緊緻的開口，聽見她忍不住發出淺淺媚吟。

「那才不是暗示！那只是……我是……好吧，算了，那是潛意識……啊……」她感覺到他昂揚的前端觸碰到她，正試圖探入。

那感受太奇妙，很詭異、很尖銳，和手指進來時的感受全然不同，他好堅硬、好厚實，也好巨大……

「如眞，我也是第一次……」他緩緩地推進她，小心翼翼的，唯恐弄壞她似的，萬般珍惜。

「痛？」他驀然停下動作，皺著眉頭注視她皺起的眉。

「不痛。」她死命搖頭。大家都說第一次很痛，眞的很痛，可是她才不要喊痛，她額際沁汗，咬緊唇瓣，只想與他密實貼合在一塊兒，疼他，也被他疼。

即便她嘴上如此逞強地說著，李烽依然不敢輕舉妄動，他滾燙的前端停留在她體內，聚精會神地注意著她微小的表情變化，待她看起來似乎沒有那麼疼痛之後，又往前徐徐推進了些。

藺如眞看著他努力控制著呼息，拚命放慢著節奏配合她、唯恐弄傷她的模樣，再想起他是個如此習慣壓抑的人，內心不由得更加柔軟堅定，巴不得把所有一切都給予他，多一點、能再多一點，那就好了。

她摸了摸他柔軟的頭髮，伸手拭去他額際因忍耐沁出的汗水，鼓起勇氣伸長腿，環住他勁瘦的腰，微微一個使力扣緊，便令他沒入大半。

「如眞？」李烽被她嚇了一跳，出聲喚她，微微咬牙。

在她身體裡的感受太陌生也太美好，她濕熱浪蕩地吸附著他，雙腿勾纏在他腰際，雙乳擠壓磨蹭著他的胸膛。他必須很忍耐很忍耐，才能拚命克制那股想扣緊她纖腰，在她體內瘋狂抽撤的慾望。

「我想當你的，我會對你很好很好，不會辜負你的。」她唇邊溜出不知是疼痛還是快樂的呻吟，深擰的眉心明顯在忍耐著什麼，看起來萬般惹人心憐。

「這話妳說對嗎？」這種話由女孩來說著實太奇怪，但由她開口，卻又莫名合適。李烽吻了吻她的唇，充血腫脹的壯碩男莖在她幽狹之境中略微挺動，話音中滿滿情慾及寵溺。

「哪裡不對了？」她隱約發出嘆息，努力適應他在她身體裡的巨大。堅實男根縱然溫柔，仍然難掩強悍，每次蹭動都帶著貫穿她的刺痛感，好像很痛，又很想再痛一些……

她說不清此時心中感受是什麼，只覺十分慶幸他是一個如此溫柔的人，又有些氣他是一個如此溫柔的人；他充塞填實她，然而她的身體似乎還想要別的，更凶猛的、更蠻橫的……

「不怕我辜負妳？」他駐留在她的身體裡，低喘著感受她熾熱的窄徑一收一合、一吐一納，像有無數張飢渴的嘴，正在努力吸啜他，隨便就能撩撥他最原始的本能。好想再進得更深一點、動得再更狠一點……

藺如眞想了想，搖頭。

「爲什麼？」

「我也不知道爲什麼，就是覺得不會。」她伸出手，戀戀撫過他臉上、身上的傷，撫著他寬背，斂臂環抱他，結實地將他擁進懷裡，在他耳畔低聲道。「再有，你以前已經過得那麼辛苦了，偶爾也要換你欺負別人一下，剛好欺負到我，我也只好認了。」

她的言語太貼心，被她抱著的感受太溫暖，在她身體裡的滋味也太美好，李烽微微哂笑，舔了舔她耳殼，向來引以爲傲的自制力就快瀕臨極限。

「嗯，確實是該換我欺負了。」他進得更深了一點，開始了緩慢磨人的律動。

「不是這種欺負……」她發出抗議的同時，也開始感受到一陣若有似無的快意。好尖銳、好痛、好磨人……也好舒服……由他與她相連之處逐漸蔓延，至腰間、腳底，逐漸竄上腦門，占據所有感官，每一個細胞都渴望著他的占領。

「嗯？那是哪種？」纏絞著他的女體內裡充滿細細小小的突起，隨著他每次挺動，摩擦著他，爲他帶來一連串難以言說的酥麻戰慄。

「是……嗯……哈……」她覺得她被他撐展得更開了，挺立的軟蒂來回摩擦著他的身體，舒服至極，與他相連之處沁出更多甜蜜的汁液。

李烽注意到她細緻的表情變化，伸手過來揉擰她腿間的突起。

這裡是她的性感帶之一嗎？

她的身體這麼有彈性、這麼敏感，他一伸手擰住她，便感覺到她吸絞得更加用力，躁動彈跳，肌膚上浮出細小的疙瘩，嘴裡的呻吟也忍不住，細碎嬌喘了起來，甚至無意識地揉捏起自己的嬌乳。

眼前景象太浪蕩，是他全然沒有領受過的新體驗，他喉結一跳，再難忍耐，挺動窄臀，開始反覆進出她的身體，深深淺淺，夾雜幾下稍微凶狠的撞擊。

「啊……」她柔媚地擺動腰肢，迎合他飽滿扎實的貫穿，無法克制地叫了起來。

她的呻吟像種媚藥，每一聲都在鼓舞他的鑿探；他拉過她原本交纏在他身後的雙腿，往左右兩旁拉開，露出她緊密含啜著他的私處。

她緊緻的開口被他撐得圓圓的，因刺激變得飽脹的軟核挺立在前端，花朵似的嫩瓣繃直泛白，被他推搗出一片浪蕩白沫。

他著迷似地看著自己在她豔紅之處來回搗探進鑿，令她一雙飽滿玉乳隨之顫晃顫動，眸光瀲灩，嘴裡媚吟個不停，男性本能虛榮的征服感瞬間被堆疊到最高點，不自禁加重了進襲衝刺的力道。

他曲起她的膝蓋，有些粗魯地壓到她軟膩的胸前，對準她因此大綻的私處，猛烈地衝刺而入，一探到底。

「啊……」蘭如眞縱情地叫喊了起來，抓緊床單，咬唇，點頭又搖頭，分不出究竟是快樂還是痛苦。他好堅硬，像石頭一樣，擘開她、分裂她，可是她怎會感到如此滿足？

「李烽、李烽……」她皺著眉頭喚他。

李烽一直望著她，深深地望著，就連眼睫也捨不得闔上地望著。

她敞開全部的身體接納他，坦露全部的慾望迎合他，嘴裡甚至不停呼喊著他的名字。

痛苦的時候、快樂的時候，都喊著他的名字；即便爲她帶來痛苦的人是他，她也喊著他的名字，歡迎著他的進入、容納著他的全部，多麼不可思議。

他覺得他終於得到一種只爲他而生的情感，一個專屬於他的人；那麼愛他、那麼疼他，令他感覺到他是値得被愛的，並且被深深愛著。

爲什麼做愛會令人想哭？

他的身體似乎不再是自己的，有一部分是由她組成；因爲有她，他才得以完整，那麼迫切、那麼密不可分。

他想再更進去一點，更用力一點，最好能夠成爲她的血肉，占滿她的每個細胞，狠狠宣告他的主權與存在。

她是他的，每一寸、每一處，全是他的。

李烽抓住她被擠壓變形的胸乳，小腹使勁朝她推去，健壯的男根在她體內來回抽撤，時而盡根撤出，時而盡根沒入，一下又一下地凶猛狠搗，厚實的陰囊狠狠撞擊著她臀瓣，發出一聲一聲拍擊聲響，空氣中全是動情淫靡的氣味。

她忘情媚吟，最初的那波痛楚過後，取而代之的全是被他狠狠索求與需要的快感。

她感受著他一波又一波的撞擊，爲他的強悍與陽剛深深傾倒，好喜歡被他如此衝刺頂弄。

她伸手攀住他肩頭，指腹深陷在他的肌膚裡。李烽捧住她臀瓣，每一次推入時都抬高她，進得更深更狠，掐住她臀肉的力道有些用力，在她雪白色肌膚上留下紅痕。

吞含著他的嫩肉無法自制地猛烈收縮，藺如眞全身雪膚因被強烈進襲的快感而繃直，瘋狂快意排山倒海而來，腦子一片空白，尖叫著到達了歡愉至極的高處，香汗淋漓。

李烽察覺到她身體的變化，湊上前來吻住她的唇，躺到她身旁來，安撫似地抱住她細緻抖顫的身軀。緊緊地抱著，感謝地抱著，歉疚地抱著……

「我弄痛妳了？」他撥開她覆額的髮，吻了吻她眼角。

「沒有。」她搖頭，在他懷裡急喘不休，緩過氣來，隱約感覺似乎有個堅硬之物頂著她，視線懷疑地往下望，才後知後覺地發現李烽還直挺挺昂揚著，霎時羞紅了臉。

「你還沒……還沒……你沒有舒服，你不喜歡？」要好好說出那兩個字實在太難，藺如眞一句話說得七零八落，而李烽望著她笑了。

「沒有不喜歡，只是捨不得。」他愛憐地吻了吻她鼻頭，又將她擁緊了些。

太害怕失去，那麼恐懼美好時光稍縱即逝，所以一邊需索著，一邊緊繃著、壓抑著、忍耐著，一感受到快要有噴薄而出的慾望時，便放緩速度，稍微轉移了一下注意力。

「捨不得？」她疑惑發問，口吻有些慵懶，明明最辛苦的人不是她，她卻覺得耗盡體力。

「嗯，捨不得。」他頷首，維持著側身抱著她的姿勢，微微拉開了她一隻綿軟無力的腿，稍稍一個使力，再度滑入她依然濕熱的暖徑。

在她體內的滋味太好，怎捨得如此結束？

「啊……」藺如眞被無預警的進襲嚇了一跳，咬住唇瓣，有些怨責地睞向他，又不是眞怪他，眸光迷離嬌憨，像情人在撒嬌，只是加速了男人進探的慾望。

李烽深抱她，緩緩挺動了起來。這個姿勢很好，可以好好地擁抱……

「不論是妳選的內衣、內褲，或是妳，都沒有不喜歡。所以，想慢慢來。」他說得彆彆扭扭的，一次回答完她所有的提問，那麼隱晦，卻已是他全部的露骨。

沒有不喜歡，那就是喜歡嘍？

藺如眞望著他，細細琢磨完他幽微的話意，甜甜蜜蜜地笑了。

她感受著他在身體裡強悍又甜蜜的律動，突然意識到，從初識這個男人開始，她就是拿他沒轍。

好喜歡他，不論是什麼模樣的他。

微笑的、生氣的、蠻橫的、體貼的、溫柔的、在她體內的……每一個面貌的他，都是這麼、這麼的，深深喜愛。

就如同此時，明明已經覺得好累、好累，可是隨著他緩緩的抽撤，慾望又逐漸上湧，被喜歡他的心緒充塡得好滿。

只要能令他快樂，她什麼事都願意做；她縱情地配合他，隨他擺弄成任何他想要的姿勢，任他一遍又一遍地在她腿間刺探需索。

再多一點、再粗魯一點、再凶猛一點……都不要緊，她喜歡他要她。

李烽傾身吻住她嘴，唇舌戀戀地與她交纏在一塊兒，感受著她吸附吮啜他的渴望，霎時驚覺，從初識她開始，他就是拿她沒轍。

好喜歡她，不論是什麼模樣的她。

傻氣的、天眞的、坦白的、遲鈍的、聰穎的、包覆著他的……每一個面貌的她，都是這麼、這麼的，深深喜愛。

只要能令她快樂，他什麼事都願意做；他將她擺弄成任何嬌嬈的姿勢，一遍又一遍地在她腿間刺探需索。

再想要他一點、再更迫切一點、再更放浪一點……都不要緊，他喜歡她要他。

她挪動臀瓣，將他緊緊夾在腿間，濕熱他、溫暖他，聽著他撞擊她身體的聲音；他將她撐展到極限，填實她、貫穿她，聽著她婉轉呻吟的求饒嗓音。

原來愛上一個人，將身體交託給對方，是一件非常美好、非常美好的事。

慾望奔騰叫囂，暢快淋漓，遲遲不肯饜足，不知過了多久，等到李烽終於不再「捨不得」，藺如眞懶洋洋地靠抵他胸懷，全身骨頭像被輾過似的，連動一根手指頭的力氣也沒有。

「我想睡會兒……」

「睡吧。」他摸了摸她髮心，有些內疚，又十分滿足，心情複雜，難以言說。

「你又要笑我是豬了對不對？」藺如眞的眼睛幾乎閉起一半。

「快睡吧，傻瓜。」他將她深深擁入懷裡，唇畔帶著幽微笑意，哄著她入眠。

她不知道，他的「捨不得」其實還沒有眞正結束。

他持續睜眼望著她安穩可愛的睡顏，手指捲纏著她頰畔的髮，捨不得睡。

或許，這一輩子，都捨不得。

向來孤寂的大床上，兩個人。

✻

事實證明，就算緊張得不得了，但有些事情光是依靠本能就能做得很好，藺如眞快死了。

她迷迷糊糊睡了會兒，才朦朦朧朧睜開眼，便看見李烽近在咫尺的俊顏，正一瞬也不瞬地盯著她。

他單手支著額，手指有一下沒一下地撥弄著她頰邊的頭髮，滑過她的臉頰、耳朵、脖子，再纏向她的黑髮，捲在指上，看著它們鬆脫滑開。

「醒了？」察覺到她眼睫的掀動，李烽在她睜眼的第一秒開口。

「唔……」藺如眞甫睡醒，還有點迷迷糊糊的，動了動身體，感覺到全身一陣痠痛，再對上李烽深邃黑眸，稍早時的回憶通通回來了。

很壓抑的人通常有著不爲人知的熱情，而她眼前的男朋友很不巧是個極端壓抑的人，非常難以對付，而這個難以對付讓她整個人都像被輾過似的，十分要命。

「現在幾點了？我睡了很久嗎？」藺如眞潤了潤唇，不知是因害羞還是剛睡醒，莫名有些口乾舌燥，瞅著他發問的眸光有些迷離嬌憨。

「下午三點，不久。」李烽瞧著她傻乎乎的模樣笑了，傾身吻了她額頭一記。「要再睡會兒？餓嗎？」手指仍舊捲纏著她秀髮，那軟滑觸感令他愛不釋手。

他的手指若有似無碰到她臉頰與脖子，讓她敏感一縮，一陣麻癢。

蘭如眞下意識拉高被子，視線觸及自己光裸的肩膀，再睞向他清爽乾淨的模樣，已經穿戴整齊，而她依舊未著寸縷，令她驀然羞窘，脫口就是：「我要回家。」

李烽手邊的動作一頓，顯然有些錯愕。

「我要回家。」蘭如眞以爲他沒聽清，立刻重複了一遍。

回家？他萬萬沒想到，她醒來的第一句話居然是要回家？

「用過我就想丟？是怎樣？另一種方式的暗示我技術差嗎？」李烽的黑眸微微瞇起，眉心聚攏，明顯不悅。

「不是啦！」蘭如眞登時大羞。

「哪有技術差？你很好，我……我有……我很……」不對，她要說有什麼很什麼？難道她要說她很喜歡很滿足嗎？莫名其妙啊！殺了她吧！

「我想洗澡嘛！什麼用過就丟？你在想什麼啊？」蘭如眞又吼他又搥他又打他。

討厭！打他也是不痛的，他確實如她之前所想，是那種穿衣顯瘦、脫衣有肉的類型，才子身材好是不道德又人神共憤的！

他精瘦結實，才不怕她打，反而還是她手痛。

蘭如眞越打越氣，索性縮手不打了，瞪著他的臉頰氣鼓鼓的，把李烽逗樂了。

「在這洗。」李烽伸手捏她臉頰。

「何必？那我還要回家拿換洗衣服。」蘭如眞猶在嘔氣。

李烽翻身下床，不知道從哪生出兩套洋裝，舉在她眼前。

「左邊？還是右邊？」

「呃？變魔術嗎？」哪裡來的女裝啊？蘭如眞拉著被單坐起身來，瞪著他，滿面驚疑。

「新的，下水洗過。」

「……你平時有穿女裝的嗜好嗎？」

「……」假如她以爲他有別的女人就算了，女裝嗜好是怎麼回事？李烽太陽穴一跳，眞是被她打敗。

「不然呢？取材需要女裝？」他滿屋子奇怪素材、道具，取材需要一、兩件女裝似乎也不奇怪？蘭如眞自以爲合理地推測。

「對，下個被殺的女人體型恰好和妳差不多。」李烽沒好氣。

「嚇！」蘭如眞一臉驚駭，眞的被嚇到了。

「……」算了，他是白癡，不要太高估她的理解能力。

「買外面那些時，看見女裝，順便逛了逛，就買了。」李烽放棄，摸了摸鼻子，似乎很不想講，又被迫得不得不講。

藺如眞想了想，才想通他嘴裡說的「外面那些」指的是907那一盒內褲。

奇怪了，這人好意思買一大堆五顏六色的內褲給她，卻不好意思說出口嗎？順手替她買了幾件女裝也要遮遮掩掩的，是有沒有這麼彆扭？藺如眞暗暗好笑。

「謝謝你，但你不用打點我，我什麼也不缺。」她朝他甜甜一笑，講是這樣講，但他想爲她張羅的心意，她還是很受用的。

「妳目前想管我的錢，還太早了。」李烽瞇起眼來瞪她，全然不把她的話當一回事。

意思是他愛買，她管不著？現在管不到他的錢，未來有天會讓她管嗎？不知是該被他氣到，還是被他甜到？藺如眞又錯亂了。

算了，他愛買讓他買，被寵還有不好的嗎？

「我要左邊的。」藺如眞選了左邊那件七分袖的千鳥格紋洋裝。

他的品味向來很好，隨便哪一件都是剪裁優雅大方的款式，雖然，好像爲了配合她平時穿衣的風格，特地選了帶點可愛感的。

「乾淨的毛巾也給妳。」李烽走開，又走回來，回來時手上多了毛巾，還有那盒五顏六色的禮物。

「謝謝。」藺如眞接過來，看見那盒五花八門的內褲，又悄悄臉紅了。那是要給他脫下時穿的……

「我去洗澡。」藺如眞垂著顏，捧著那疊毛巾坐在床沿。

「餓嗎？我去弄點什麼給妳吃？」李烽一副要走回907的樣子。

「不要，你別忙。」藺如眞抓住他手腕。「你今天很累了……」那麼早起，打了一架，還……唔，他消耗的體力比她多，他有睡嗎？

「那等妳洗好澡，我們出去吃？順便走一走，冰箱快空了，買點什麼回來。我去隔壁等妳。」李烽交代完，又是一副回身欲走的態勢。

「好……不對，你要忙嗎？不然爲什麼要去907等我？」藺如眞再度伸手抓住他。她都已經說她不餓了，要他不用煮飯，他去隔壁幹麼？

「我不介意待在這裡，恐怕妳會比較介意。」李烽信手指向他的浴室，藺如眞眸光跟隨他手指望過去，然後就看見他浴室那扇透明的玻璃門。

「我介意！」發生親密關係是一回事，在對方眼皮子底下赤裸裸地洗澡又是另一回事。

藺如眞霎時驚叫，捧著手裡的東西起身，一邊將他往907推，一邊碎念。

「到底爲什麼會有人想把浴室門做成透明的？以爲是情趣MOTEL嗎？有沒有考慮過裡面人的感受啊？」

「沒有。」某人回應得斬釘截鐵。

藺如眞瞪他。

「我從來沒有想像過房裡會有別人，不用考慮。」因爲沒有想過，不需顧及，所以永遠是單一視角，只要方便他看得到門外就可以了。李烽實話實說。

從沒想過，但她還是進來了，如今就跟他在一起。她是唯一一個，只有她一個。這樣的念頭瞬間令蘭如眞心軟甜蜜得不得了。

「出去啦，我很快就洗好了。」可惡！爲什麼他隨便說句話，她就會覺得被他擊中，喜歡他喜歡得要命？怎麼會這麼喜歡他啊？

蘭如眞含嗔帶怨地把他推走，推出一串李烽的笑聲，可她不要理他了，她要把自己關進浴室裡靜一靜，不然就要被喜歡他的念頭淹沒融化了。

蘭如眞躲在浴室裡洗澡，自以爲能夠冷靜，但很快便發現，喜歡一個人的念頭根本就是無法冷靜的。

她身上穿著他買的洋裝和貼身衣物，皮膚上沾染著他平時用的肥皀與洗髮精香味，就連腿間似乎都隱隱留藏他來過的痕跡，衣服藏著的地方也有好幾處他留下的紅痕。

冷靜個鬼?!她整個人都充滿他的存在感，難以忽視，心跳頻率不減反增，直至走進907時，看著他坐在工作桌前的背影，都覺得快被喜歡他的心慌感呑沒了。

「你在寫稿？」幸好，李烽關起的WORD視窗轉移了她的注意力。

「大綱而已。」看見她走過來，李烽關上電腦，調轉椅子方向，正面打量她，像在檢視他買的洋裝合不合身。

「是給表姊的稿子？」蘭如眞對他的工作向來很有興致。

無論他是不是她的男朋友，他永遠是她心目中那個最喜愛的離人。

「嗯。」李烽站起身來，眉眼專注，幫她拉了拉袖口。

「已經決定和表姊換約了嗎？」

「嗯。」李烽鎖眉沉吟了會兒，又調整了下她的領口。

「新故事？」蘭如眞重點完全不在洋裝上，像個洋娃娃似任他聽話擺布。

「嗯。」李烽將她腰間的鬆緊帶繫繩拉好，走到她身後，在她後腰繫了個漂亮的結。

「什麼樣的新故事？」蘭如眞偏眸看他，神情雀躍，粉絲模式一秒就on了。

「寫一個私生活放蕩的女主編，玩火自焚，最後慘遭肢解的故事。」李烽回到她面前，話音平淡，眼神卻放出異樣的光彩，看起來心情很好。

私生活放蕩的女主編、玩火自焚、肢解……這難道是對表姊的報復嗎？蘭如眞大驚失色。

「你什麼時候要交給表姊？我那天要請假！不不不，我那一整週都要請假！」蘭如眞驚叫。別鬧了！路歡不會殺李烽這棵搖錢樹，但會殺她啊啊啊啊！

李烽莞爾，不理會她的提問，拿起鑰匙，便要提步往外走。

「走了，出門了。」

討厭，他一點都沒有要顧及她生命安全的打算嘛！小吾好欲哭無淚地跟上他。

兩人走出社區，經過附近的小公園，愜意悠閒地走逛了會兒，李烽的腳步卻突然在某條小巷前停住。

「怎麼了？」蘭如眞揚眸看他。

「來。」李烽猶豫了會兒，牽著她手，領著她穿過那條小巷，來到傳統市場旁一條更窄小的巷子。

傳統市場，有些味道及髒亂是必然的，這地方都是矮舊老房，蘭如眞即使住在附近不遠處，平日卻從未到過此處。

她仔細打量周旁，微微閉了氣，正暗自揣想李烽不知帶她到這裡幹麼，李烽牽著她，踏過微濕路面，來到一間有著斑駁牆面的老公寓前，指著其中某戶人家。

「這是我小時候住的房子。」

「啊？」蘭如眞一愣。

李烽微哂。「我爸過世之後，家裡經濟情況不好，這裡還是我媽親戚那邊騰出來讓我們住的地方。」

「嗯。」蘭如眞不知該說些什麼，僅能專注聆聽。

他鮮少主動提及他的事情，難得願意開口說，她自然聽得更專心。

「我媽很辛苦，我一直是知道的，我和李陽都知道。她白天有一份正職工作，夜晚還兼一份工，在家時間很少，假日還得陪李陽練習，她是真的沒有時間好好吃飯睡覺。」

「嗯。」就算她很辛苦，她也不要原諒她，藺如眞在心裡哼哼。

李烽說得越平靜，她就越沒來由地生氣。

「我和李陽從小感情就很好，形影不離，吃喝玩睡都在一起，直到李陽的時間被冰球練習占滿，我們才有了分開的經驗。我在家裡，沒有人，不能出去的時候，我看書、寫作業、做家事……把每一件能想到的事都做了，每一天還是那麼長。」

他說得很輕，可是藺如眞卻覺得很重。

他那麼小一個孩子，要怎麼應付整屋子的寂寞？他做了那麼多事，有得到母親任何一句稱讚或安慰嗎？想必是沒有，他才會逐漸變得更加封閉孤寂。

藺如眞握緊他手，李烽舉高另一隻手，比向某扇窗戶。

「那是我房間的窗，我時常被鎖在屋子裡，站在窗旁往下望，看著我媽牽著李陽的手出門，一邊走路一邊說話，笑得那麼開心。我常想，假如有一天我跳下去，她會不會後悔？」

藺如眞心一跳，李烽面容平靜，朝她一笑，繼續又道：「後來想想，若我有個什麼，最難過自責的絕對是李陽，總歸是沒有勇氣。」

李烽唇邊噙笑，但藺如眞笑不出來，「眞感謝你有李陽」這句話鯁在喉頭，居然怎麼也開不了口。

「我一個人久了，後來學會自己打開門鎖，變著法子玩冰箱的食物，把廚房搞得一團糟，少不了又挨了幾頓打，沒想到最後整著整著，居然能做出一些簡單的料理。我覺得好玩，越做越有興趣，放學時就問問樓下市場裡的叔叔、阿姨，有沒有賣相不好或賣不掉的食材可以給我。慢慢地，李陽和媽媽回家之後，我就能弄出一桌菜了。」

「原來你的廚藝是這樣練來的啊？」藺如眞試圖想讓話題變得輕鬆一點。「後來呢？」

「後來？後來我就不煮了。」李烽輕巧帶過，藺如眞不用問也能猜到一定是他母親那頭沒有什麼好鼓勵，令他心灰意冷，索性放棄，有點後悔她多問了這句。

「如眞，」李烽看著她，忽爾無比認眞地道。「那時，妳說喜歡我，我很害怕，我不明白妳喜歡我什麼，我明明就沒有特別討好妳，爲什麼妳要把妳自己捧到我面前來，口口聲聲說妳喜歡我？我總是想討好我媽，想討好上善，想討好每一個人，但我從來沒有成功過；後來，我就不再討好任何人了，我覺得這樣很好，可妳出現了，我不明白妳究竟是哪裡蹦出來的。」

「我是哪裡蹦出來的？」藺如眞忍不住笑了。「我當然是老天爺派來解救你的。」

其實，她本來想說，他爲她做的遠比他想像的多，只是因爲他從來沒求到過，所以沒有想過有一天也能擁有而已。可是想了想，又覺得這麼說好像不太好，乾脆嘻嘻哈哈地帶過。

藺如眞盈盈注視他，已經做好了被他白眼的打算。

「或許吧！」沒想到李烽回握她手，難得沒有吐槽她，眉眼間淨是笑意，話音中竟有幾分認眞。

「現在回想起來，或許眞的是這樣吧？因爲那些不愉快的經歷，所以能夠寫作，所以成爲了一個妳喜歡的作者，所以認識了妳；因爲總是得自己張羅吃食，所以能餵飽妳這隻豬。或許，沒有那麼糟，因爲妳出現了，所以，都是好的。」

他難得沒有拆她臺、反駁她，可蘭如眞鼻子卻酸了，努力眨了眨眼，傻傻地望著他，眼淚好像隨時都要掉下來似的，李烽瞅著她笑了。

「妳在路上哭，會很醜。」他伸手捏住她的鼻子。

「我要把鼻涕擤在你身上。」她被捏住鼻子的鼻音很好笑，這句恐嚇一點魄力也沒有，反而令李烽笑得更歡了。

「如眞。」他鬆手。

「幹麼？……哈啾！」好癢，蘭如眞揉了揉鼻子，打了個噴嚏。

「如眞。」他又喚了她一遍，男嗓多情，看著她好半晌，蘭如眞鼻子不癢了，卻遲遲沒等來他的下一句。

她歪著頭看他，時間悄悄地在她與他之間流動，而後她笑了。

他說不出口，沒有關係，她替他說，她懂的。

他那些爲她著想的心意，爲她置辦物品的心意，喜歡她卻無法坦然開口的心意，她全部明白的。

「我喜歡你。」藺如眞深望他，篤定地、清晰地替他說了。

他的黑眸依然幽靜深邃，可她清楚在那之中望見情感流動，與隱隱笑意。

「No. 1？」李烽挑眉。

「Only One。」彆扭王！藺如眞皺了皺鼻子，腹誹他，又踮腳碰了碰他嘴唇。

她笑顏燦爛，溫柔了他的目光。

李烽啄吻她唇，牽緊她的手。

「走吧，想吃什麼？」他拉著她信步往前走，彷彿看見童年窗臺上有個小男孩，微笑著目送他。他覺得心裡充滿著什麼，豐盈流動。

「鹹酥——」

「不准。」

「麻辣燙？」

「妳選點有營養的好不好？」

「那……你炸的鹹酥雞？或是你滷的麻辣燙？」

「想得美。」

「這也不行，那也不行，你很囉唆。」

「很不巧，還要囉嗦一輩子。」

天色漸漸暗了，兩人的交談聲飄遠了，道路旁的街燈漸次亮起，將他們兩人比肩而行的身影拉得長長的。

是啊，前頭的路還很長呢。

褪下的刺是脆弱的表徵，在愛中柔軟，也在愛中強大。

——全文完

番外篇

潘朵拉的盒子

潘朵拉的盒子是不能打開的。

既然如此，幹麼放個盒子在那裡，能看不能開啊？這不分明引人犯罪嗎？

藺如眞瞪著電腦桌面那個「上善」資料夾，不知在內心咒罵了李烽幾千幾百遍。

是的，她又坐在907裡，用著某人的舊電腦，幫某個無良的人校稿。

至於那個無良的人呢？他去洗澡了。

咳！洗澡並不是因爲他們剛剛做了什麼壞事的緣故，而是因爲李烽趕稿時的習性是這樣的：精神不濟的時候，洗澡；卡稿的時候，煮飯；思考的時候，做家事；心情特別好或特別不好的時候，吃甜食。

她越漸熟悉李烽的習性，也似乎可以猜到眼前這個「上善」資料夾裡有著些什麼，不就是些上善的報導、影片或照片嗎？有什麼好不能打開的？

更何況，李烽也沒說她不能打開啊！

之前李烽叮嚀她不能看時，她還不是他女朋友。如今，他們的關係不同以往，有什麼好不能看的？再有，她也知道上善是他前女友啊，沒什麼好介意的，對吧？

對吧？對吧對吧對吧？

藺如眞偷偷地，小心翼翼地，將滑鼠游標悄悄點到那個資料夾——右手猛然一震。

不行不行！絕對不行！千萬不行！

偷看別人的東西是不道德的，就算是男朋友也一樣。

更何況，萬一是李烽寫給上善的情書怎麼辦？萬一是他們的親密照片或親密影片怎麼辦？

她不想看！她看了會死！

她會很忌妒很忌妒，很不是滋味，明明不想傷心氣憤，又很傷心氣憤……啊！她眞的會死，她現在就很想死了！

咚——藺如眞額頭貼到桌面，掙扎地撞了幾下，手還握在滑鼠上，死命不肯放，接著又深呼吸了好幾口，霍地抬起頭來，視死如歸地點開那個資料夾——

算了，看了也是死，不看也是死，趕快看一看，早死早超生。她不道德，讓她下地獄吧！阿彌陀佛。

資料夾唰一下打開，果不其然，跑出了一大堆檔案。

藺如眞閉著一隻眼，戰戰兢兢地瞪著那些預覽圖示，瞪著瞪著，原本緊閉的另一隻眼悄悄打開，眉心逐漸聚攏，眼睫掀了又掀——咦？

不是上善，是她。

滿滿的她。在907的她。

有影片，有從影片裡截出來的圖片；動的、靜的，全部都有。

從她第一次和路歡踏進907開始，再來是她替李烽校稿的時候；李烽在她臉頰上畫豬的時候；她睡在沙發上的時候；嚷著他翻譯的稿子很棒的時候；每回來蹭飯的時候；被他趕出去的時候；衝進來吼他母親的時候；表明喜歡他的時候，被他抱著的時候……全都是她，爲什麼？

對，她知道，907以前架設了監視器，但是，後來因爲她和李烽有時會在907這樣或那樣……咳，總之就是那樣，所以就拆光了。可是她不知道，原來這些舊影片，李烽還留著，而且，留的都只有她？

其他的影片也留著嗎？爲什麼要把她放在「上善」資料夾裡？那原本「上善」資料夾裡的東西呢？

她有好多問題想問李烽，可是當李烽的腳步聲接近的時候，她卻迅雷不及掩耳地將資料夾關起來，點開做到一半的稿子，正襟危坐，目不斜視，心虛得連額角冷汗都快滴下來。

剛沐浴過的李烽髮尾微濕，身上猶帶著熱氣與香氣，衣著休閒，瞅了一眼她難得沒有寫著脊椎側彎的坐姿，瞇眸抿唇，對上她做賊似飄來的目光。

「怎？」李烽怪異地注視著她的怪異。

「沒有。」藺如眞搖頭搖得跟波浪鼓一樣。

「沒有？」鬼才會相信波浪鼓，李烽揚眉。

「只是覺得你超帥的而已。」藺如眞笑得超級諂媚。

「無事獻殷勤，非奸即盜，妳偷人了？」李烽深邃長眸瞇起來了。

「偷你個頭啦！還說我呢！明明是你偷——」糟！藺如眞猛然收口，差點就把那什麼偷天換日說出來了。

「我偷？」李烽越聽越不解。

「偷……偷……偷得浮生半日閒，哈哈！」藺如眞乾笑，總不是偷雞摸狗或偷工減料吧？

「妳到底在說什麼？」李烽眉心聚攏，眞想把她的腦袋打開來看一看。

「沒有啦，快去工作，乖。」藺如眞心虛地揮手趕他。

李烽忖了忖，皺眉，本想回到工作桌前的腳步停下，一頓，回身問她：「妳看了什麼？」

藺如眞心一驚，放在滑鼠上的手顫了顫。

「『上善』資料夾？」

「……」

「看了也無妨，妳不必偷偷摸摸的。」

又偷？現在是怎樣？她還偷雞不著蝕把米呢！

「我不服氣！」蘭如眞滑鼠一扔，恨恨地轉頭瞪向李烽，驀然大吼。

「不服氣什麼？」李烽挑眉，總是覺得她氣呼呼的模樣非常可愛，又非常好笑。

「我每個反應好像都在你意料之中，我在想什麼，我會說什麼、做什麼，好像都會被你猜中。」爲什麼他瞬間就可以反應到她偷看了資料夾啊？

她有表現得這麼明顯嗎？難不成他故意放在那邊，就是爲了要給她看嗎？

「腦袋是很好用的東西。」李烽指了指太陽穴，唇邊那抹微笑太從容太好看，又太招人討厭。事實上，她就是表現得這麼明顯，即使不動腦，都可以輕易猜知。

「對啦！我就是沒有腦袋才會喜歡你！壞嘴王！」蘭如眞爆氣，好想捏死他啊！

「嗯哼，謝謝妳喜歡我。」李烽從容回應，開口仍是十足十氣死人。

他望著她噘唇瞪眼的模樣笑了，笑得很愉快、很瀟灑，竟令蘭如眞傻傻盯著他，笨蛋似地也跟著想笑，唇角不自禁就要揚起。

怎麼可以跟著他笑?!這一定是種病！都被虐到有種變態的幸福感了。

「前女友的資料夾留在桌面上做什麼？我吃醋了！」要爭氣！蘭如眞重振旗鼓。

「我知道。」李烽點頭，她吃醋吃得這麼張揚，誰會看不出來？不只看得出來，還令他心情非常好。

知道個頭啦?!蘭如眞更不高興了。

「至少也要把資料夾改成我的名字！」

「好。」李烽毫不猶豫地點頭，唇角失守。這是重點嗎？

「電腦裡不准再出現別的女人的名字了！不對，不只電腦，手寫的不行，打字的也不行，通通都不可以！」

「故事裡的女人？」

「死了才可以。」

「哦？所以，以後我只能寫女性被害人？」李烽彎唇的弧度越來越大，很有興味地挑眉。

怎麼聽起來有點不舒服？不對！這不是重點！差點就被他轉移注意力了，好陰險！藺如眞忿忿不平。

「我不管啦！反正不能再讓我吃醋了！」這件事很重要，必須嚴正聲明。

「好。」相較於藺如眞的暴躁，李烽氣定神閒。

「什麼都應好，你很沒誠意欸！」可惜李烽的氣定神閒一點也沒有感染到她。

「不好。」李烽話鋒一轉，立刻頷首應聲，聽來很像在哄小孩。

其實，他並不是故意挖苦她，想惹她生氣，也並不像表面上看來這麼從容，坦白說，他有點緊張，好吧，不是有點，他非常緊張。

撇除和上善那場青少年時期談的戀愛，他的戀愛經驗幾乎是零，眞心不知該如何哄吃醋的女朋友，有點手足無措，只好聽話照辦。

明明覺得她吃醋很可愛，可這樣讓她氣下去也不是辦法，偏又不知該如何安撫，談戀愛怎麼會比寫稿還累呢？

「怎麼可以不好?!」吃醋的女人又有意見了，顯然只是想找麻煩。

意識到說什麼都不對的男朋友很識相地閉嘴了。

可是，他不回話，藺如眞更氣了，內心的不滿與疑惑一股腦劈里啪啦全嚷出來了——

「明明就知道資料夾放在那邊，人家會想看，還故意放著，這樣也就算了，你還把裡面的檔案全換了，是要不要這麼陰險啊？而且，爲什麼裡面是我的照片和影片？那資料夾裡原本的東西呢？」

「刪了。」李烽如實回答。

「刪了就刪了，幹麼還留著一個空的資料夾？所以，你就是算準了我會看嘛！刻意把我的影片擺進去是怎樣？想讓我看了不生氣嗎？」藺如眞聞言更氣了。

「過來。」李烽若有似無地嘆了口氣，朝她勾了勾手。

「不要。」就已經夠不高興了，還叫她過去？找死嗎？藺如眞賭氣地把臉轉過去。

「我其實，並不是那麼篤定妳會看的。」李烽嘆了很長一口氣，內心戰戰兢兢，走到沙發前，蹲低身體與她平視，捏著她下巴，將她賭氣撇過的臉轉回來。

「整個資料夾刪了，感覺像心虛；留著，又沒必要，只好把不是很想讓妳看見的檔案擺進去，妳不看最好，看了，也不會太生氣。」

「你糾結這麼多幹麼啊？要刪就刪，要留就留啊，想這麼多不忙嗎？」腦袋太聰明果然不好，迂迂迴迴，彎彎繞繞的……不對！

「爲什麼我不看最好？」藺如眞終於找到重點了。

「很沒安全感……全都，是妳。」李烽抿唇，說得有些爲難，口吻很悶，音量很小，就連喉嚨也有些澀澀的。「我不想太喜歡妳，又忍不住這麼喜歡妳；不想承認，又怕忘記……整理那些舊檔案時，不禁把有妳的畫面全留了，想妳的時候，拿出來看一看，看著，心情很好。」

明明剛剛還很不高興，可是，又因爲他把她的畫面留起來，偷偷地看這件事感到很甜蜜；明明是彆彆扭扭地說著喜歡，承認得心不甘情不願，怎麼會令人感到這麼震撼，這麼想融化？

再有，想到他是一個狠狠受過傷，對於被愛這件事很沒把握的人，整顆心根本就軟得一塌糊塗。

氣什麼？喜歡一個人果然是全世界最驚悚的事了。

「全都是我又怎樣？有什麼好害怕讓我看見的？我腦子裡也全都是你，每天都想著你，上班的時候想，下班的時候想，就連現在待在你身邊的時候也很想……不說了！」吵架吵到一半變告白是怎樣？不要這麼寵他，哼哼哼！

藺如眞頭一轉，再度生起悶氣，嘀嘀咕咕。「你最好了，都有個前女友可以用來氣我，我都沒有什麼前男友能拿來氣氣你，我也要去找——」

「想都別想。」李烽再次將她的臉龐轉正，捏住她臉頰，幽深眸光纏著她，說得再鄭重不過。「妳現在跟未來都只能有我而已。」

「哼！」不用他恐嚇，她都知道她再也沒辦法喜歡上別人了。他這麼好，她是要去哪裡找第二個？

「我燜了紅豆湯，還準備了黑糖跟桂花，妳現在要喝嗎？」見她神情放軟，似乎已經沒有方才那麼不高興了，李烽站起身來，又試圖用食物來哄她了。

「紅豆湯？」藺如眞一愣，眼睛睜得圓圓的。

「妳生理期來了，喝點，嗯？」李烽說著說著就要走向廚房，聽後頭沒有跟上的腳步聲，回身，卻看見藺如眞一臉羞窘，急急忙忙從沙發上站起來，慌慌張張垂眸，確認自己的牛仔褲與前後左右。

她沒有跟他提過的，難道外漏了嗎？衛生棉掉在沙發上了？

她既驚慌失措又尷尬的反應令李烽失笑，完全沒想到她剛才坐著，就算外漏了，李烽根本也看不見。

「稍微記了一下日期。」李烽笑了。

藺如眞一愣，兩頰羞紅。

「好啦、好啦！知道你最聰明，腦袋最有用。」莫名其妙被記住生理日的藺如眞有點害羞，有點彆扭，有點不服氣，又有點甜蜜，只好惱羞成怒地哼哼。「你眞的好老派，只有我媽會叫我生理期來時喝紅豆湯。」

嘴上抱怨歸抱怨，黏膩口吻卻一點抱怨的成分也沒有，根本只是在和男友撒嬌而已。

不需費心隱藏，他腦裡、心裡全都是她，她怎會看不出來？

他這麼喜歡她，小心翼翼，將她的每件事都放在心上，誰又能對他生氣？

藺如眞望著他打開燜燒鍋，細心地將紅豆湯盛出放涼；修長的手指拿著湯勺，仔仔細細加了黑糖，撒了桂花，覺得自己好喜歡他，喜歡得不得了。

「就只會欺負我……」喜歡歸喜歡，還是忍不住要念一下。

藺如眞在餐桌前坐下，拿起調羹，喝了一口紅豆湯，舒服得連眼睛都瞇起來了。

啊！好好喝哦！紅豆湯加了黑糖跟桂花之後，質感瞬間提升了好幾倍，這樣下去怎麼得了？她以後要怎麼面對只有紅豆的紅豆湯啊？口味都被李烽養刁了。

欺負？為什麼替她準備紅豆湯算欺負？她的話題又跳到哪裡去了？女朋友眞是全世界最謎的物種，沒有之一。

李烽太陽穴跳了跳，沉默了幾秒，摸了摸她髮心。

「等妳生理期走了，再好好欺負妳。」他哄完她了，下回換她哄他了。

「咳、咳咳——」藺如眞嗆到，花了點時間才把嘴裡的紅豆湯嚥下去。

什麼桂花紅豆湯，什麼溫柔體貼都是騙人的！

潘朵拉的盒子果然不能隨便亂打開啊，嗚。

戀人啊！（上）：完全男友

倘若這世界上有《戀愛守則》，抑或是《完全男友教戰手冊》這種東西，李烽考慮早晚詳讀，奉爲圭臬。

他陷入前所未有的謎團與困境，而他甚至不知是如何開始的。

不，正確地說，他知道是何時開始的，但他卻不明白爲什麼。

五天前，藺如眞如同往常，下班後過來907吃飯，原本一切都好好的，直到他說：「我明天晚上不在家。」

「咦？你要外出嗎？」藺如眞放下筷子，疑惑地睞向他。

並不是因爲李烽很宅，不常外出的緣故，她才會有此一問。事實上，她知道，李烽是很善於獨處，很善於享受生活的。

白天她上班時，李烽若不工作，偶爾會一個人出去走走，有時是看電影、看展覽，有時則是在咖啡廳窩一下午。她之所以感到疑惑，是因爲從她和李烽交往以來，每日共進晚餐已經是一種不需言說的默契，她有些意外他選擇在這時間外出。

「嗯。」李烽頷首，用完碗裡的飯，爲自己舀湯之前，先替蘭如眞盛了一碗，再推到她面前，放涼。

「你要去哪兒？」蘭如眞反射性發問，一頓，隱約又覺得干涉太多，趕緊改口。「不能說也沒關係，我只是好奇問一下。」

「沒什麼不能說，就是和幾個同學去打球，在附近的球場。」李烽聳了聳肩，輕描淡寫，端碗喝湯。

「附近的球場？籃球？」蘭如眞想了想，附近只有籃球場而已。

李烽有運動的習慣，她知道，而李烽有幾個男性友人，這她也是清楚的，從李烽偶爾會接到好友的電話或是Line訊息就能得知。

只不過，她從來沒見過李烽的朋友，也沒聽李烽主動提過他們的事。

「嗯。」李烽再度點頭。

「哦。」蘭如眞應聲，很自然地把李烽方才推來的湯碗拿起，啜飲了口，配飯，已經很習慣李烽爲她張羅吃食。

一邊吃飯，一邊覷眸睞向李烽，瞧他平時這副寡言冷淡的模樣，眞想知道他的朋友都是些什麼人？什麼性格？他曾向他的朋友們提過她嗎？

「我可以去嗎？」猶豫了好半晌，用完餐也喝完湯的當下，蘭如眞鼓起勇氣發問。

李烽一愣，皺眉，對她的問句感到十分驚奇。

「我去打球，妳來做什麼？」

蘭如眞小臉一垮，李烽直覺聯想到她明日的晚餐。

「要幫妳準備晚飯嗎？還是我下午弄好，放在冰箱，妳晚上回來熱來吃？」

「不用。」根本就不是那個問題嘛，蘭如眞看來更沮喪了。

「我五點半才出門，不然我煮好放在桌上，妳回來頂多六點半，應該還是溫的。」

「……」蘭如眞無言，眞不知該從何說起。

「怎麼了？」

「沒有，我去洗碗。」蘭如眞失落地將碗筷拿去清洗，背影對著他。

李烽望著她悵然所失的模樣，總覺得有哪裡怪怪的，可是又不知道究竟是哪裡出了問題。

一切的不尋常，就是從這裡開始的。

接下來，蘭如眞足足晾了他好幾天，下班後居然不主動過來907吃飯，即便被他按門鈴或打電話喚來了，也是心不甘情不願——不給摸、不給碰、不給抱，也不對他笑。

爲什麼？這簡直太莫名其妙了。

鬱悶了幾日之後，李烽決定求助李陽。

電話那端的李陽聽完他的煩惱，哈哈大笑，以一種再理所當然不過的口吻，笑道：「身爲女朋友，會想見見男朋友的狐群狗黨是很正常的啊！而且，這也代表男友願意公開彼此的戀愛關係，將女友帶進社交圈裡，你藏著她，好像她多見不得人似的，她當然會不高興。」

「我談戀愛關社交什麼事？我打球她坐旁邊不無聊嗎？」

「哥，你真的很低能。」李陽嘆了很長一口氣。

誰低能了？他才低能！

喀——李烽二話不說將電話掛上，心情更惡劣了。

不要相信李陽那妖言惑眾的傢伙，他連上善都搞不定了，哪有資格說他低能?!

李烽坐在電腦前，心煩意亂，一點工作的心情也沒有，於是胡亂逛起網站，直到一則斗大的標題吸引了他的注意——

男友把妳當備胎？九種跡象顯示他心裡根本沒有妳！

李烽顰眉，內心不以爲然，這種兩性文章眞的很無聊，爲什麼總是會有這麼高的點擊率呢？而他一定是因爲更無聊，所以才會點開文章內容：

一、**他不會在公開場合或社群平臺上提到妳**。

這是當然的，他唯一的社群平臺帳號只是當初爲了開設粉絲專頁而創立的，根本沒有任何動態，難道他要在離人粉絲頁上說他的校對是他女朋友嗎？

這會爲藺如眞增加困擾吧？第一點就劃掉，不具參考價值。

二、**除了兩人單獨見面外，他不想參與妳的生活**。

參與生活？參與什麼生活？蘭如眞是中部女孩，同學大多在中部，平日裡幾乎沒有姊妹聚會，唯一在北部的親戚只有路歡，難不成找路歡把酒言歡嗎？

怎麼可能？李烽認眞思忖，眉心擰得更深了。

三、**沒有看過對方的朋友或家人**。

中部女孩的老家當然在中部，蘭如眞固定幾週是會回家一趟沒有錯，但他們交往至今不過半年有餘，此時提出要陪她回家見家人的要求是否操之過急？

而他的家人？蘭如眞哪個沒見過了？李陽她認得，母親則沒有正式介紹的必要，至於他的朋友……李烽額角驀然有滴汗滑落。

蘭如眞是不是會看這種兩性文章？

冷靜！不要胡思亂想！

李烽越看越浮躁，滑鼠游標移到右上角，一舉將網頁關掉。

網路垃圾文章，毫無根據！與其暗自揣測，不如直接向本人尋求解答。

在屋裡坐立難安，故作從容了一下午之後，李烽幾乎是在蘭如眞的腳步聲出現在走廊上的第一時間，便立刻推開907的大門。

「嚇！」果不其然，蘭如眞又被李烽嚇到了！手中提袋差點滑落，連忙穩住，瞪著李烽的眼神中有驚嚇、有責怪，也有……心虛？

「你在等我？我……我買了聖多諾黑，要一起吃嗎？」藺如眞揚高手裡的提袋，朝他笑得燦爛又討好。

爲什麼突然之間，她的態度又變了？這幾天不是都放生他，不理不睬嗎？

李烽瞇眸，沉默未語，眉心皺摺加深，更加覺得女朋友是謎之生物了。

「我這幾天……總之，對不起，我們一起吃？」藺如眞走近李烽，撒嬌似的語調軟綿綿的，充滿內疚。

她其實……很不喜歡這樣鬧彆扭的。

她也知道，跟著李烽去打球，或是想見他朋友這種要求很不必要，李烽絕對不認爲這是一件多了不起的大事，可是，她理智上知道，卻又不禁因此糾結。

想提，也不知從何提起，只好生起悶氣，與其說是與李烽鬧彆扭，不如說是與她自己鬧彆扭，彆扭了幾天，又覺這樣對李烽很壞、很不公平，百轉千迴，最後只得默默去排隊買了聖多諾黑來賠罪。

「對不起什麼？」李烽揚眉。

「沒什麼，就是……就是對不起嘛！」要和他解釋這種女生戀愛中的奇妙心境實在太難了。

李烽依舊瞇細著眼打量她，總覺得她嚥進了許多開不了口的話語，令他瞧著不舒坦，唯恐讓她受一絲一毫委屈。

「妳……下次朋友約吃飯，要一起來嗎？」念及方才的網路文章，李烽姑且一試。

「什麼？」蘭如眞眼睫瞬了瞬，睜大雙眼，不可置信。

「我是說，下次我和朋友聚會，妳要一起來嗎？不想來也不要緊，就是一般男孩子的場合，很無聊，或是，假若妳怕無聊，我也可以請他們帶——」

「要！」李烽話還沒說完，蘭如眞便一把撲進他懷裡，笑得很愉快，眼神燦亮，而且，她很小心，手上穩穩拿著聖多諾黑，沒有掉，也抱他抱得很穩。

「這麼開心？」李烽眞是不可思議，感覺跟曚中樂透差不多。

所以……蘭如眞這幾天眞的是因爲他沒讓她跟著去打球，所以不高興？

好吧，他承認李陽某些時候比他聰明，但李陽仍然搞不定上善也是事實，他才不要向李陽道歉。

「嗯，超級開心！一百萬個開心！」蘭如眞好高興，臉龐埋在他胸懷，足足蹭了好一會兒。

「笨蛋。」李烽摟緊她，看著她小動物般的舉止，忍不住也跟著笑了。

雖然不明白女朋友爲何要爲了這種小事高興，但總歸女朋友就是高興了。

他要寫封感謝函給那篇網路文章的作者。

戀人啊！（下）：完全女友

到了李烽與三五好友聚餐的那天，蘭如眞早早便等在相約的餐廳門口。

今天是週六，她早上到出版社加了半天班，聚餐地點離出版社不遠，她想，不必特地麻煩李烽過來接她，兩人便直接約了中午在餐廳碰頭。

她身上穿著李烽送她的那件千鳥格紋洋裝，腳上踏著新買的高跟鞋，臉上化著淡妝，脖子上灑了一點香水，手裡提著她唯一一個，路歡送她的淑女包，就連髮尾都仔細以電捲棒弄捲了，看起來很是浪漫柔美。

蘭如眞心情忐忑，隱約有些期待，安分地等著李烽到來，結果李烽看見她時，明顯一愣，臉上的表情跟看到鬼差不多。

「不、不好看嗎？」他那是什麼表情？她看起來很糟糕嗎？蘭如眞更加緊張了。

「沒有。」李烽花了三秒鐘，才把嘴邊那句「搞什麼，跟我朋友見面，妳打扮什麼？而且居然還這麼香？」嚥回去。

「那……好看嗎？」沒有得到正面回應，蘭如眞似乎越來越緊張了。

「好看。」李烽再度花了三秒鐘，才不情不願吐出這兩個字。

姑且不論她的動機是什麼，好看是事實，這身打扮很適合她，既保有了她原有的可愛感，還有點漂亮，令他心頭一跳。

他壓抑內心那股深深的不悅，實話實說，絕不承認他有將網路文章上看到的「不論女友做了什麼光怪陸離的打扮，都要好好讚美」這件事牢記於心。

「那進去吧！」聽見李烽說好看，藺如眞開心了，挽著他的手走進餐廳。

走入餐廳包廂，李烽的朋友們已經就座，從李烽向他們介紹「這是我女朋友」開始，藺如眞的心情就好得不得了，唇邊的笑容收也收不住。

沒有談戀愛的時候都不曉得，原來這樣的一件小事其實是一件大事。

只是被男友口頭承認，公開見過他的朋友，就好像有種實實在在走進他生活圈的踏實感，雖然不是很了不起，又好像很了不起。

沒有談戀愛的時候，一定會覺得這種心情很莫名其妙吧？可是，身在戀愛中時，又會覺得那麼理所當然。

「原來就是你要帶女朋友來，還想說你哪根筋接錯了，幹麼讓我把簡霓也喊上？來，坐這。」發話的男人指著他面前兩個座位，言談中的「簡霓」想必就是他身旁那位女伴。

藺如眞本能要走過去，李烽卻拉住了她，伸手探了探座位上方，示意她出來，跟她交換了位置。

「怎麼了？」藺如眞落座，疑惑地問。

「風口。」李烽應得不鹹不淡，跟著就座。

「噢，謝謝。」藺如眞朝他甜甜一笑，兩人間的互動令包廂內氣氛瞬間沸騰了起來。

「嘖！眞看不出來，原來你這傢伙談起戀愛這麼體貼啊？」

「我坐這裡也會冷啊！幹麼不跟我換位置？」

「有異性沒人性就是這樣啦！枉費我們當了你這麼多年兄弟。」

幾人笑鬧起來，李烽並不回嘴，只是由著他們鬧，唇邊啣著近似微笑的弧度，看起來心情還不錯。

將他與藺如眞的餐具張羅好之後，李烽指著面前的好友，一一爲藺如眞介紹。「這是小七、阿杰、晌輝和簡霓。」

「你們好，我是如眞。」藺如眞笑著和大家打招呼。

「如眞，想吃什麼自己去拿，別見外。這裡的生食和熟食都不錯，甜點也很好，吃飽飯後別忘了甜點。」他們今天選在日式料理Buffet用餐，外面餐檯上的食物琳瑯滿目，大概是同爲女性的緣故，簡霓率先招呼起她來。

「好，謝謝。」藺如眞點頭，似乎有點明白李烽爲何交代好友要將簡霓喊來了，感受到李烽的貼心，藺如眞的心情不禁更愉快了。

「對，簡霓是美食網站的試吃員，嘗遍了各地美食，吃東西跟著她就對了。」小七接口。

「好，那我去拿東西吃了哦。」藺如眞從善如流，起身去拿食物。

李烽跟著她一道，兩人取餐回來時，包廂內氣氛熱絡，席間暢談歡快，全沒因多了藺如眞一個人，而顯得生疏不自在。

藺如眞的個性本就隨和，幾輪取用餐點過後，很快便與大家熟絡起來，於是便知道了小七與阿杰是李烽的大學同學，兩人目前從事的是金融業；而侯昫輝則是李烽的高中好友，簡霓是侯昫輝的女朋友。

藺如眞心情愉快，食慾自然也好，拿了滿滿一大盤蝦子回來，正想動手剝蝦，李烽卻推了土瓶蒸到她面前，示意她先喝湯。

她聽話掀開小碟，喝完湯時，李烽居然已經將那整盤蝦子全數剝完了，在她面前堆得跟座小山一樣。

「寶貝，剝隻蝦給我吃嘛！你都偏心！」小七、阿杰見狀又起鬨了。

李烽連眉毛都沒挑一下，理都不理他們，儼然八風吹不動。

「如眞，妳和李烽交往多久了？」倒是簡霓先感興趣地發問了。

「唔……半年多了吧。」藺如眞咬著蝦子，想了想，回答，兩頰其實有些發熱，都是因爲被他們糗的。

太佩服李烽了，他怎能如此鎮定呢？藺如眞有點哀怨又羞惱地看了他一眼，發現李烽也恰好看著她，臉色不禁又染得更紅了。

「半年多了才帶出來?!喂！你藏著人家做什麼？」這下連侯晌輝都加入戰局了。

「有什麼必須和你見面的理由嗎？」李烽平緩地道，話音中的不以爲然簡直像把空氣箭，正中侯晌輝胸口。

「幹麼講得這麼沒人性？我當然很想看看是誰這麼委屈，又這麼不怕被電，肯跟你這個壞嘴才子在一起？」

「委屈？你看簡霓就可以了。」李烽依舊說得平淡，除了侯晌輝之外的其他人，包含簡霓都笑瘋了。

「如眞，和李烽談戀愛很辛苦吧？他社交障礙、公關白癡、壞嘴壞心腸，各方面都很糟糕。」被好友與女友同時嫌棄，侯晌輝決定拉攏藺如眞。

「沒有，一點也不辛苦，李烽他很好，很厲害，各方面都很好。」藺如眞滿腦子只想著要維護李烽，完全沒想到她的強調會讓一群以垃圾話爲食的男人直覺聯想到某個不良的方向。

「咳咳、咳——很厲害？各方面？哈哈哈哈哈！」侯晌輝嗆到了，緊接著一串怪笑。「各方面都很厲害是指什麼方面？」

藺如眞愣了一愣，才後知後覺地從侯晌輝被簡霓重重打了下手臂的動作中，意識到她的失言。糟了！她害李烽丟臉了嗎？他的朋友們會不會覺得他女朋友很蠢？

「不是，我的意思是——」藺如眞慌慌張張地想解釋，卻被李烽喊住。

「如眞。」李烽面無波瀾地喚。

「啊？」他越鎮定，藺如眞越尷尬，這下連耳朵都紅透了

「我確實各方面都很厲害，不用向他解釋。」李烽平淡地道，瞬間雷翻一干好友。

「最好是啦！」侯晌輝又不服氣了。「我也很厲害啊，簡霓，妳說對不對？」

「我聽不懂你在說什麼。」簡霓瞪向侯晌輝，再度重重搥了他一拳，眾人又是一陣怪叫怪笑，熱鬧得不得了。

藺如眞雖然因說錯話感到十分困窘，但眼前情狀又太蠢，她想跟著笑，又不太敢笑，唯恐李烽因她亂說話不高興。她覷眸偷瞧李烽，由李烽放鬆的神態看來，他並未不高興，甚至還蠻享受目前這氛圍。

他雖然看起來淡淡的，沒什麼表情，也不是這個團體中的主要發言者，但很認眞聽著每一個人說話，偶爾放出幾根利箭，調侃對方幾句，看著對方被他電到說不出話來，隨著他們的反應抿唇微笑，心情確實不錯，要換了別人，他未必有這種耐性。

藺如眞看著李烽堪稱愉快的面容，深深覺得，今天有來眞是太好了。

知道他有哪些朋友，是些怎麼樣的人，平時又是如何與他相處的、對他好不好，這每件事都讓她感到很滿足，就好像她是他生活中的一部分，密不可分的女朋友。

藺如眞心情愉快，整頓飯就在這種互相吐槽又和諧的歡樂氣氛中結束了。

離開餐廳，走向停車場的途中，李烽忽爾停下腳步。

「怎麼了？有東西忘了拿嗎？」藺如眞疑惑。

「我才想問妳的腳怎麼了？」李烽眉心深擰，視線落向她足下，看來比她更疑惑。

「我的腳？我的腳沒有怎樣啊。」藺如眞隨著他往下望，雙腿卻不自在地動了動。

「痛？」李烽揚眉，總覺得她走路姿勢怪怪的，和平時走路不太一樣，速度也慢了許多。

她取菜取到第三輪時，他就發現了。

「呃……也沒有很痛啦。」藺如眞這下已經不只是不自在，還非常心虛。

「坐。」李烽指著路旁長椅。他今天車停比較遠，不先確認一下，無法安心。

「不用坐啦，等等上車就坐了呀，然後就回家了。」藺如眞看起來更心虛了。

「坐。」李烽又說了一遍。

「……」討厭，藺如眞走過去，眞聽話坐下了。小孬孬是種沒藥醫的病嗎？

李烽一蹲到小孬孬面前，小孬孬就跳起來了，瞬間又被李烽按回去坐好。

「你要幹麼？」藺如眞大驚失色。

「蹲在這兒不脫妳鞋，難道脫妳衣服嗎？」

「……」蘭如眞足足沉默了三秒，才想到要回嘴。「幹麼脫我鞋子或衣服啦？才不要在這裡讓你脫鞋子，衣服也不可以。」

咦？難道是回家脫就可以了嗎？蘭如眞一說完後馬上就感到有點怪怪的……慢著，李烽是不是也笑了？

「那妳自己來，脫鞋或脫衣服，選一個。」李烽眸心隱約有著笑意，不過他現在還有更重要的事得做。

「爲什麼我要鞋子跟衣服選一個?!人家只是、只是……」見李烽蹙眉，神情更陰狠，一副要跟她耗上的模樣，蘭如眞豁出去了。

「就是新鞋咬腳，我又不太會穿高跟鞋，腳有點痛嘛！」幹麼一定要逼她講？不會穿高跟鞋這種事很跌股，是祕密啊。

「不會穿高跟鞋就不要穿，逞什麼強？」李烽把她的高跟鞋脫下，皺著眉頭看著她的腳。腳後跟都磨破了，隔著透明隱形襪仍清晰可見，這叫只是有點痛？

「我偶爾也想打扮漂亮……」看見李烽一臉陰沉，蘭如眞一頓，怯怯問：「你在生氣？」

李烽沒回話。

「因爲我穿了高跟鞋生氣？」蘭如眞不可思議。

「爲什麼和我的朋友見面要打扮？妳很希望別的男人覺得妳漂亮？」話中的妒意太明顯，但李烽一點想隱藏的意思也沒有。

他早說過的，他小心眼又善妒，她如果承認，他就要掐死她。

「是啊。」未料蘭如眞毫不遲疑，對他言談中流露出的醋意渾然未覺，居然還回應得那麼理所當然。

李烽太陽穴一跳，眞心覺得蘭如眞一定是老天爺派來考驗他修養的。

「我希望你的朋友覺得我漂亮，不過，是爲了你才打扮。」蘭如眞抿了抿唇，頓時感到有些難爲情，雙頰有點發燙。

「爲了我？」李烽挑眉。

「是啊，是爲了你才打扮，想讓你的朋友們覺得我漂亮，想讓他們認爲你有個世界上最棒的女朋友，這不是很正常的事嗎？我是眞的打定主意要好好表現的，可是，我好像沒有表現到什麼，而且好像還說錯話，害你丟臉……」蘭如眞說到後來，雙肩一垮，神情沮喪。

再多醋意，再強烈的占有欲，好像都不會嚇到她，永遠只會嚇到他自己而已。

他爲了他的占有欲不高興，她卻爲了他的面子傷透腦筋。

「這世界上怎麼可能會有最棒的女朋友這種東西？妳是笨蛋嗎？」李烽盯著她懊惱模樣好一會兒，非但沒有安慰她，反而沉聲念她。

「好嘛，我本來就是笨蛋。」蘭如眞自暴自棄，已經不想反駁了。

李烽深睞她沮喪臉容，喉頭一噻，又覺得似乎該說些什麼。

「我不知道妳認爲的『世界上最棒的女朋友』是什麼，不過我知道，這世界上只會有一個適合我的女人而已。除了妳之外，不會再有另外一個適合我的人。所以，不用想那些有的沒的，妳是唯一一個。我不在乎別人怎麼想，就算是我的朋友、我的家人，都一樣，我不在乎，妳不必爲了這件事傷神。」

什麼不用在乎別人怎麼想？難道她今天穿睡衣來也可以嗎？這人眞是我行我素到了極點，始終如一。

蘭如眞盯著李烽，想罵他幾句，又有點感動，已經對他這種先重擊她一下，再給她一顆糖的高超技能不知該作何反應了。

她是唯一一個呢！她也是Only One。

爲什麼他可以一邊罵她，一邊令她感到甜蜜？

「上來。」李烽忽爾拎起她的鞋，轉過身來，背對她。

「啊？」蘭如眞盯著他寬背，完全沒反應過來。

「腳不是在痛嗎？」李烽偏首睞她。

「你要背我？」這裡是大街上，人來人往的，他不介意？

「數到三，妳光腳走回家吧！」

「啊啊啊！」藺如眞一秒鐘也沒有耽擱，幾乎是往前一撲，瞬間跳到他背上。

李烽穩穩地托抱起她，步伐穩當地往前走，周旁有一、兩個路人往這裡看，可他視若無睹，就連拎著她高跟鞋的動作都很自然。

對他來說，她的腳果然比路人的眼光重要多了，他把她放在前頭，所以，他不在乎別人是怎麼評斷她或他的……

念及至此，藺如眞心一暖，摟著他的力道不由得加重，甜蜜蜜地將臉龐蹭到他耳邊，喚道：「李烽。」

「嗯？」

「雖然你說世界上沒有最棒的女朋友，可是我覺得有最棒的男朋友……是你。」

李烽耳根一熱，腳步一頓，心跳怦然，掀了掀唇，似乎想說什麼，最後又沒能開口，僅是提步繼續向前走。

藺如眞摟緊他頸項，才不管彆扭王嚥進去了什麼，光是感受到他的耳朵因她的話語而變紅發燙，就已經夠心滿意足的了。

「回家了。」彆扭王淡淡地道。

「好。」他背上的傻瓜甜甜地應。

李烽唇角微揚，突然覺得，他努力翻找著網路文章，想當一個好男友的心情，與藺如眞想在他的好友聚會上好好表現，想當世界上最棒的女朋友的心情十分相似。

原來，關於戀愛中的心情，無論男女，都一樣。

戀人啊！未必最好，但最適合，也最喜歡。

小心眼

蘭如眞家附近有間早餐店，就是她從前在那裡，誤認李烽是李陽的那一家。

早餐店裡有一對情侶，總是在平日才會出現，兩人皆是上班族打扮，習慣坐在最外側的座位。蘭如眞猜測，約莫是因爲男人抽菸的緣故，他們才會喜歡坐在那裡。

等候餐點時，蘭如眞很喜歡偷瞧這對情侶的互動。

男生吃早餐時，總是喜歡看報紙或滑手機，女生認眞用餐，時不時會伸長筷子，餵男生幾口蛋餅或鐵板麵，有時甚至乾脆拿了紙巾幫他擦嘴，一副服侍老爺的模樣。

可是，老爺也不光是被伺候而已，偶爾會咬住嘴邊的筷子捉弄女生，或是作勢咬女生的手指頭，逗得女友笑個不停。

兩人吃完早餐之後，女生便會挽著男生的手站起，男生則會將女生的包包背過來，一邊談天，一邊往前走。這個女生似乎和男友一樣高，抑或是高了一些，所以女生總是穿著平底鞋。

蘭如眞覺得這對情侶很可愛，感情很好，買早餐時總不自覺會多看幾眼。時日一久，這對情侶看到她，也會點頭和她打個招呼。

她是這麼喜歡這對情侶，以至於當今天早上，看見男生落單時感到非常訝異，更訝異的是，男生身旁跟著的不是平時那位女孩，而是另一位女子。

分手了嗎？劈腿？帶別的女生來總是與前女友一道用餐的早餐店，心裡不會不舒服嗎？

藺如眞腦海中充斥各種明明與她無關，可她又十分介意的念頭，眼神落在男人身上，持續盯著他瞧。

她盯得那麼明目張膽，赤裸裸的，臉上明明白白寫著人家始亂終棄，一副痛心疾首的模樣，實在沒辦法令人視而不見。

「她只是同事而已，不是我女朋友，我女朋友今天請假。」藺如眞在櫃檯結帳時，那個男人忽爾走到藺如眞身旁來，十分鄭重地向她聲明。

藺如眞先是被男人嚇了一跳，沒意料到他會來找她搭話，消化完他的話，卻又緩緩皺起眉頭——女朋友請假，馬上就帶了別的女同事來吃早餐？

「不是妳想的那樣子，總之，她不是我女朋友。」男人注視著她顰起的雙眉，察覺到她的念頭，趕忙又澄清了一遍，澄清到一半，似乎意識到自己找她說明的行徑非常荒謬，住了口，摸了摸鼻子，訕訕回到座位去。

哼哼！才不要理負心漢呢！

藺如眞雖被男人解釋得一頭霧水，但也不想與之攀談，結好帳，提了早餐，正想離開，背後卻冷不防傳來一道男聲。

「爲什麼那個男人要向妳解釋那不是他女朋友？」

「咦？」藺如眞驀然回首，看見來人，立時綻放笑顏。

「李烽？」藺如眞喜出望外，臉龐瞬間轉亮。「你怎麼來了？我想讓你多睡會兒，就沒喊你起床。看，我也買了你的，這樣你就不必弄早餐了，你餓嗎？」邀功似地揚高手中那一大袋食物。

「回答我的問題。」李烽將她手裡的早餐接過來，牽起她的手往外走，離去前掃了早餐店內的男人一眼，神情和語調同樣都沒放軟。

「啊？問題？噢。」回家的路上，藺如眞一五一十地將整件事的經過全說了，包含她第一次在早餐店看見那對情侶的情景。

她說得入神，隱約還有些激動，全沒意識到她身旁的男友其實有些風雨欲來的態勢。

無論那個男人是出於怎樣的理由，向藺如眞解釋他的感情狀態這件事都很弔詭，很莫名其妙，很不必要，也很……令他不愉快。

那是他女朋友，那男人跑來向他女朋友解釋做什麼？吃飽太閒嗎？

「因爲妳瞪得他心虛了，所以他特地來向妳澄清？」李烽話音平板地問。

「我也不知道啊，而且，我又沒有瞪他。」藺如眞回應得一臉無辜。

肯定是瞪他了，她的情緒向來表露無遺。李烽拿出鑰匙，打開907大門，默默下了結論。

「好啦，就算我有瞪他又怎樣？那種情況任誰都會多看兩眼的嘛！他女朋友對他那麼好，他怎麼可以背著女朋友胡搞瞎搞呢？」走入907，蘭如眞一邊脫鞋，一邊忍不住嘀嘀咕咕。

李烽闔上大門，望著蘭如眞義憤塡膺，持續碎碎念的模樣，終於確認了一件自從上次帶蘭如眞出席好友聚會過後，他一直懷疑的事實。

那就是，即使蘭如眞毫不諱言她會吃醋，總是會清清楚楚讓他明白，卻對於他也會吃醋這件事一點概念也沒有，渾然未覺，全無反應。

上回，他對她與他的朋友見面打扮這件事流露不悅，她全沒想到他因此介懷；今天也是，他對於來路不明的男子向她解釋感情狀態這件事不滿，她卻只顧著向他抱怨男子見異思遷的惡行，全沒想到他因此而不快。

他小心眼，她大神經，這到底是種什麼樣的微妙狀態？

和諧嗎？並不。

他滿腹怨氣，無處發洩，越想越慜悶，就快在蘭如眞身上瞪出洞來了。

「怎麼了？你爲什麼不進來？」發現李烽立在玄關，遲遲沒走進來的蘭如眞發問，仍然對於男朋友吃醋了這件事毫無所感。

「眞是……」看著她一臉天然，李烽嘆了一口氣，走到她身旁來，伸手輕撫她臉頰。「果然是讓人如坐針氈的如眞。」有感而發。

「啊？」藺如眞一頓，不明白話題爲何由負心漢跳到她身上來，李烽爲何轉眼把矛頭指向她身上。

難道是指她瞪負心漢，瞪得讓負心漢如坐針氈嗎？幹麼幫負心漢講話啊？

「什麼嘛！」藺如眞琢磨的和李烽全然是不同的方向，不服氣地回嘴。「你才是眞的很瘋的你瘋咧！」

咦？李烽？你瘋？好好笑哦！她怎麼這麼有才華啊？

藺如眞自顧自樂了起來，完全沒發現眼前的男人臉色更陰沉了。

李烽睞著她，長眸一瞇，唇角微微勾起，浮現一抹別有深意的笑容，藺如眞笑了好一會兒，後知後覺看見他唇邊啣著的弧度，內心暗叫不妙，糟了，怎麼都忘了他有多麼惡行惡狀？

李烽忽爾欺近她，將她抵靠在牆面，俯身咬住她嘴唇。

「唔，昨晚才……」被他牢牢困住，藺如眞無處可躲，很沒說服力地推了推他，抗議。

「我要吃早餐，人家很餓……」

「妳目前的食物只有我。」李烽啣住她嘴，伸舌舔過她唇瓣，輾轉間加深了這個吻。

怎麼這樣嘛……

就是因爲她今天休假，昨夜才被李烽折騰得很晚，現在還只是一大早，他……

鈴——驀然間，藺如眞的手機響了。

藺如眞伸手想拿手機，李烽反而加重了箍緊她的力道。

擺明了不讓她接嘛……

藺如眞惱起來，也張唇咬他，李烽被她咬出笑聲，探舌深入她嘴，兩人唇舌黏纏膠著，更加難捨難分。

電話鈴聲斷了，又響了，藺如眞被他吻得氣喘吁吁，再度推了推他，過了好一會兒，李烽才不情不願地放開她。

藺如眞含嗔帶怨地瞪了他一眼，李烽卻彷彿像個沒事人般，將早餐拎到餐桌上。

「喂？學長？」藺如眞終於趕在電話第二度掛上前接起它了。

學長？李烽豎直了耳朵。

很好，先是早餐店的莫名男人，再是學長，現在是怎樣？

上次那位學長？還是又是其他男人？她到底讀什麼學校？全世界都是她學長？李烽方才好不容易才按捺住的不悅又逐漸上湧。

「你已經到了？好啊，我跟管理員說，然後去整理一下房間，你等我一下。」

李烽本要張羅早餐的動作一停，轉身面對藺如眞，盤胸睞著她。

整理房間是怎麼回事？她又要出借房間？哪來的學長這麼蠢，老是在找工作？

蘭如眞一掛上電話，便迎上李烽陰森森的目光。

「學長他……就是你上次見過的那位，他這次又要到臺北來面試了。」

李烽沉默未語，面色嚴峻，蘭如眞抿了抿唇，笑得天眞燦爛又討好，還有幾分得意。

「我知道你不放心我和學長單獨在一起，所以我已經想好了，我的房間給學長睡，我今天過來跟你睡，這樣應該就沒問題了，對吧？」她眞是個聰明又貼心的女朋友，蘭如眞是眞心這麼想的。

對個鬼！李烽的白眼都要翻過太平洋了。

女孩子的房間是可以隨便出借的嗎？房裡總有些內衣褲與女性用品吧？就算蘭如眞不介意，那位學長不介意，但他很介意！

他女朋友的貼身衣物怎麼可以讓別的男人看？床怎麼可以讓別的男人躺？

「我先去跟管理員說學長是我朋友哦，順便去整理一下房間，學長才不會看見亂糟糟的。」蘭如眞親了李烽臉頰一下，跑了。

被她扔下的李烽瞪著桌上早餐的眼神和看見殺父仇人差不多。

他拿下眼鏡，捏了捏鼻梁，走到903，決定一舉殲滅蘭如眞這個笨蛋與那個惱人的學長。

於是，在903裡待了一會兒，聽見走廊上的腳步聲時，李烽便走出去了。

「咦？」看見李烽，蘭如眞和學長同時愣了一下。

「如眞的學長？」向來寡言的李烽難得先開口了。

「啊，對，你好。」學長顯然嚇了一跳。

「如眞從前在學校的時候，有勞你照顧了。」李烽平緩地道。

「哪裡。」聽他這麼客氣，學長趕緊擺手。「都是如眞照顧我比較多。」

明明這一應一答也沒什麼，蘭如眞面色卻悄悄紅了，因爲李烽儼然一副「謝謝你照顧我內人」的口吻，莫名令她羞窘了起來，總覺得有點尷尬。

「如眞房間小，假若不嫌棄，學長今日住我這吧。男人的房間總是比較方便，我今晚過去和如眞擠就可以了。」

「啊？」蘭如眞聞言嚇了好大一跳。

李烽這麼龜毛又潔癖的人，願意出借房間可是一件驚天動地的大事，而且借的還不是拿來當工作室的907，而是臥房903，這簡直太不對勁了！

「呃？」畢竟與李烽才見過第二次面，學長一時之間不知該如何回應，徵詢意見似地睞向蘭如眞。

「也是可以啦！學長住那邊，他過來和我一起就可以了。」蘭如眞說完，看見學長疑惑的眼神，李烽也直勾勾地望著她，喉頭一噎，頓時感到應該補充些什麼。「對，我跟他……李烽，我們正在交往。」

「噢，原來如此。」學長點了點頭。他就想嘛！為什麼這男人說要和蘭如眞擠同一間房？他本來以爲李烽只是蘭如眞的鄰居。

「那，既然這樣——」學長話說到一半，李烽忽爾擰眉，伸手撥弄蘭如眞脖子旁的秀髮。

「怎麼了？」頭髮撩得蘭如眞好癢，她脖子一縮，疑惑地問李烽，也跟著攏了攏頭髮。

「沒什麼，昨晚好像咬了妳，怕學長看到，不好意思。」本來學長沒看到的，他這一撥一說，學長就看見了。

原來他們不只是可以共宿一寢的情侶關係，還會咬對方？學長臉上的表情很微妙。

蘭如眞耳朵一紅，心裡頭隱約有些怪異。可是，看見李烽那一副正氣凜然、無波無瀾的模樣，又覺得應該是她想太多了。

「這是903的鑰匙，學長請自便，若有什麼需要，請隨時告訴我。」李烽將手裡的鑰匙交給學長。

「好，謝謝。」學長接過鑰匙，又再度說了句謝謝。

「走吧，如眞，我把早餐拿來了，我們進去吃。」

「好。學長掰掰。」蘭如眞回身，打開905大門。

李烽手摟在蘭如眞腰際，與她一同走進房裡，同時在心中默數：10、9、8、7……

砰！903的大門驟然打開了！

「如、如眞，我想我還是去住飯店好了！打擾了，掰掰，再見！」學長風風火火地跑出來，對著人站在905玄關處，連鞋都還沒脫好的藺如眞急嚷。

「啊？爲什麼？學——」藺如眞還沒反應過來的時候，學長便一溜煙跑了。

「學長臉色很蒼白欸，903裡有什麼嗎？」藺如眞足足呆立了好幾秒，十分錯愕地問李烽。

「903不就那樣嗎？還有什麼？」李烽雲淡風輕地聳肩。只是失手灑了包可清洗的血漿在床上，裹屍袋也一併放在旁邊而已，沒什麼。

啊，對，都忘了903裡有些獵奇的東西，剛剛應該先提醒學長的……

「可能學長很怕那些道具吧？」藺如眞想了想，雖然覺得對學長有點抱歉，不過，學長去住飯店其實也挺不錯。

這樣一來，她就不用擔心學長會把903弄亂或弄髒之類的，畢竟李烽完美主義又潔癖，學長如果把903弄得很髒亂，李烽一定會殺了她的。

「不管學長了，我們來吃早餐吧！」藺如眞脫好鞋，對著李烽道。

「好。」李烽反手闔上905大門，心情十分愉快。

很好，大神經繼續當她的大神經，小心眼的小心眼，他自己知道就好。

Home Sweet Home

李烽與藺如眞交往的第三年，藺如眞二十八歲，正式來到長輩會開始關切婚姻大事的適婚年齡。

對於這件事，藺如眞感到非常困擾。

「媽，我不要相親。」這已經是藺如眞數不清第幾次的拒絕了。

就是因爲母親動作頻頻，所以，她最近週末假日很少回家，幾乎都和李烽窩在臺北。想到回家又會被耳提面命婚姻大事，就有股說不出的煩躁。

「怎麼可以不要相親？女孩子大了就是要結婚，有自己的家庭呀，不然老了孤零零的多可憐啊！妳相信媽，媽這次找的對象很好，長相端正，收入也不錯，最重要的是，他——」

「媽，妳不要再說了啦。」藺如眞眞是煩透了。

「爲什麼不要再說了？每回都說不要，這怎麼可以？如眞，妳都老大不小了，還鬧什麼小孩脾氣？不要任性。」電話那頭的母親聽來非常不高興。

「媽……那個、我有男朋友了啦。」藺如眞不情不願地拋出這句。

其實，她原本眞的很不想說的，感覺說了後患無窮，但是，不說好像又無法阻擋母親的猛烈攻勢。

蘭母明顯停頓了會兒，接著又是一連串的強烈襲擊。「有男朋友爲什麼不帶回來？男朋友在做什麼？家裡有哪些人？交往多久了？」

「媽，別再問了啦！我要去洗澡了，掰掰。」她就知道！簡直太恐怖！蘭如眞匆匆掛上電話，索性關機，心臟撲通撲通跳個不停。

雖然，她對於婚姻有著幾分浪漫憧憬，但是，不結婚也無妨，兩人在一起開心就好，她很喜歡目前和李烽這樣的狀態。

她家庭保守，父母親都是很傳統的人，再加上她又是獨生女，父母親自然愛護有加，而李烽的家庭狀況比較特殊，還有一個難纏的母親，這都不是很容易開口提及的部分，她實在不知道要如何對父母啓齒。

再有，李烽他……他從沒有在幸福家庭裡成長的經驗，對於家庭生活會有期盼嗎？會不會對於婚姻，他根本就很抗拒？

若不是抗拒，他怎會從來都沒提起這件事？還是，她沒有辦法令李烽有想成家的盼望？

唔……是嫌照顧她太麻煩了嗎？每次都讓他煮飯，她只負責吃，最近好像又胖了……

蘭如眞低頭捏了捏腰間肉，困擾地皺起眉頭，心想著是不是該來減肥，猛一抬眸，卻發現李烽倚在書櫃旁，已經不知道瞧了她多久。

「爲什麼你走路都沒聲音啊？」藺如眞嚇了很大一跳，趕緊將捏著腰肉的手放下，衣服也拉好。他什麼時候來的？被男友看見自掐腰間肉多丟臉啊?!

「因爲我沒有走路，我一直站在這裡。」李烽瞅著她驚慌失措的模樣，回應得有些無奈。腰間肉有什麼問題嗎？他不只看過，還揉過掐過躺過，她何必這副羞憤欲絕的樣子？

「一直站在這裡？」藺如眞消化了一下。「那，你、你你你……」該不會她剛剛與母親通電話時，他就已經在這了吧？慘了，他全聽見了嗎？

藺如眞眼神飄移，怎麼問也不對，糾結了好半晌，李烽終於決定大發慈悲地拯救她了。

「家人要妳回去相親？」李烽單刀直入，直接切入主題。

「呃，這個……」小孬孬藺如眞左顧右盼，尷尬得不得了。討厭！這時候怎麼不乾脆來個地震或隕石呢？呸呸呸！她隨便亂講的，國泰民安、國泰民安！

「妳想結婚嗎？」李烽問。

「不想。」藺如眞搖頭，答得飛快。

「爲什麼？」李烽皺眉，這和他預期聽見的答案不太一樣。

「就是不想嘛！哪有什麼爲什麼？」

「因爲我的緣故？還是我媽的緣故？」李烽永遠很銳利。

「才不是呢，你少臭美了！」蘭如眞連忙否認。

「如眞。」

奇怪，明明他也沒特別提高或壓低音量，語調依然平緩，可是，她就是會因此感受到他口吻中的肅殺之氣，被他喚得十分心虛。「啊，好啦好啦！我是有點想結婚沒錯，但是，不結婚也不要緊，現在都什麼年代了？」

「妳認為我不想結婚？」李烽挑眉，抽絲剝繭。

「……」這要她怎麼說嘛？說懷疑他心靈受創，對家庭生活充滿絕望？蘭如眞默然未語。

「到底爲什麼？」李烽繼續追問。

「我就是……因爲……我家很傳統、很麻煩，不是我們去公證了就算，一定還得見雙方父母什麼的，說不定還得下聘、宴客、歸寧……一大堆有的沒有的。」因爲不想提及李烽的家庭狀況，讓他一回想又難過，蘭如眞只好從她的家庭狀況下手。「哎喲！總之你不要再逼問我這件事了，我今天已經被我媽問得很煩了，我就覺得不結婚也沒關係呀！像我們現在這樣也沒什麼不好。」

「但我覺得不好。」李烽鄭重地道。

「我知道啊，你一定……什麼？不好？」驚覺聽到的和想像中的不一樣，蘭如眞一愣。

「我不排斥結婚，也不排斥有自己的家庭。假如，對象是妳的話。」最後一句話明顯停頓了會兒，李烽說得有些彆扭。

但這件事非同小可，有必要讓她明白，他很喜歡有她陪伴，也曾不只一次想過與她共組家庭的可能性。

「可是……」雖然聽見李烽這麼說，藺如眞非常開心，兩頰紅撲撲的，難掩欣喜，但念及隨之而來的種種，又不免猶豫。

「多告訴我一些伯父和伯母的事情，下次妳要回家時，我們一起回去吧！」

一起回去？李烽要跟她一起回家?!

「這也太突然了！」要不要玩這麼大啊?!一點心理準備都沒有。「你眞的想跟我結婚？認眞的？你要見我爸媽？」藺如眞很難阻止自己問了再問。

「嗯。」李烽頷首。

「該不會是爲了不想戴保險套這種理由吧？」藺如眞又開始異想天開了。

「……」李烽瞪她，惡狠狠的。

「你吃錯藥了？生病了？趕稿壓力太大？啊！難道你是李陽嗎?!」藺如眞衝上前，直勾勾地盯著他雙眼看。黑色的，明明不是李陽啊……

李烽要非常努力，才能克制想伸手戳她眼球的衝動。

「李陽若說要娶妳，我一定會殺了他的。」

「這麼暴力又變態，一定是李烽沒錯。」藺如眞喃喃。

「……」他錯了！他應該先殺她才對。

「藺如眞小姐，妳到底鬧夠了沒？」李烽澈底失去耐性。

「我哪有在鬧?!」藺如眞非常不服氣。「突然說要結婚眞的很奇怪嘛！你從來沒提過這件事，我當然會以爲你不想結婚啊。現在你突然開口，還說要跟我一起回家見父母，卻是因爲我家人逼著我相親的緣故，我怎麼可能讓你因爲這樣娶我？我有這麼厚臉皮嗎？」

「如眞。」李烽太陽穴有點痛，低低地喚。

「幹麼啦？」她的太陽穴也很痛啊！藺如眞賭氣地應。

「不是突然，我確實有考慮過這件事。」李烽走到書桌旁，拉開抽屜，將當中一疊他列印整理出來的傳統婚俗資料拿出來，甚至還有新娘雜誌，充分證明了他的說法。

實在太驚嚇，藺如眞看見那疊文件與雜誌的表情簡直像看到鬼，又想上前去扯扯他的臉皮，看看有沒有人皮面具會掉下來。

「既然有考慮過，爲什麼從來沒向我提起？」好不容易回過神來，藺如眞發問。

「妳曾經有想過要嫁給我嗎？」李烽將問題拋回去還她。

「呃？也不是沒有……」藺如眞兩頰一紅，頓時也彆扭了起來。

「那妳爲什麼從來沒告訴我？」

「因爲你也從來沒告訴我啊。」

李烽給了她一個「就是啊」的眼神。

「我怎麼說也是一個女孩子，你要我怎麼先開口提這件事嘛！我……」藺如眞是眞心想找出一個能夠說服李烽的理由，避而不談李烽家庭狀況，認眞辯解。

可是，她看著李烽持續深望著她的眼神，赤裸裸的，盯得她額際冒汗，越辯解越心虛，口乾舌燥。

「算了算了！不扯了，那都是藉口，並不是因爲我是女孩子，所以沒問你。我沒問，是因爲我介意你媽媽，害怕你對家庭生活很恐懼，對婚姻根本沒什麼盼望；我不敢提起這件事，因爲我好怕你拒絕我，假如你拒絕我，我會很難過，可是，我又不想那麼難過……」藺如眞越說越沮喪，跑到沙發那兒，十分懊惱地坐下，不敢觸及李烽眼神。

「我不想逼你，我會討厭我自己……可是……爲什麼你會知道我想結婚？」

「上次，路歡的喜帖和喜餅妳看了很久，就連新娘禮服也反覆摸了又摸；晌輝和簡霓結婚時也是。妳看著新娘的眼神，很羨慕。」李烽坐到她身旁，有些不捨地摸了摸她髮心。

她貼心，從來沒提，於是他也從來沒有意識到這件事。從來沒想過一個正常人可能會有成家的盼望與社會期待，若不是身旁有好友結婚，他眞要疏忽了。

原來正常家庭長大的正常女孩，是會想步入家庭的，是會背負父母期待的。

假如她與她的家人都十分在意結婚儀式與結婚證書，他一點也不介意完成那個儀式，將證明婚姻關係的那張紙拿回來。

他是破碎的，可他希望她是完整的。

「我……對不起。」藺如眞挫敗地將臉埋進手掌裡。「我一定讓你壓力很大吧？」

「沒有。」李烽誠心地道。

「不要騙我了啦！」藺如眞終於把埋著的臉抬起來了。

「我很高興妳想嫁給我。」李烽伸手掐住她臉頰，淡淡揚笑。

「你又知道我是想嫁你？說不定我是想嫁給隔壁的阿貓啊！」藺如眞拍開他的手，已經不知道臉頰是被他掐紅，還是因爲被他說的話染紅？

這人怎麼這麼狂妄？可是，眞是如此，確實是因爲想嫁給他，所以才羨慕新娘，假若換了別人，她才不願意。

「如眞，我們結婚吧。」定定注視了她好半晌，李烽沉穩地開口。

他的口吻明明很單調，但藺如眞心跳得亂七八糟，懷疑她就要休克。

這算是求婚嗎？一點也不浪漫，可竟然如此驚心動魄。

「你……眞的不會後悔嗎？」琢磨了老半天，等到心跳頻率終於恢復正常了一點的時刻，藺如眞有些擔憂地問。

「妳再繼續問下去，我就要後悔了。」李烽眯起長眸，面無表情地睞著她。

「你很煩欸！你一定是害羞了才威脅我！」藺如眞皺著眉頭打他，可卻越打越想笑。

打他的時候，才發現他的耳朵是暗紅色的，胸膛散發著汩汩熱氣，體溫似乎比平時略高，原來其實，他也很緊張，果然是害羞了……

「妳才害羞！」李烽不理她，耳朵燙燙的，非常不自在，起身要走，卻被藺如眞一把拽住。

「你說的哦，不許後悔……下次，跟我一起回家吧！」藺如眞心一融，撲進他懷裡，在他懷中輕聲地道。

想嫁給他嗎？怎會不想？她是這麼喜歡他，爲著也能被他喜愛這件事，感到如此幸福。

「好。」李烽摟緊她，點頭，彎唇勾起明顯笑弧。

結婚，兩個人的家，他是想要的。

有她的家。

✻

即使達成了共識，但各自與長輩稟告婚事的第一步，李烽與藺如眞都不太順利。

雖然李烽沒有明確告訴藺如眞發生了什麼事，但是，他與母親會面回來的時候，衣服皺了，頭髮亂了，嚇了蘭如眞好大一跳。

蘭如眞問他，他只淡淡說一切都沒事了，母親不會出席婚禮，不會陪他上門提親，不會參與任何與他婚事有關的細節，但也不會干涉，他們自己做決定就好。

蘭如眞雖然有點擔心，但又不是很想細問；李烽怎麼說，她都相信。畢竟他才是最了解他媽媽的人，而且，她光是煩惱她這頭，就煩惱不完了。

她向父母簡單報告了一下李烽的工作與家庭背景。

「歡歡的作者？那我來問歡歡他人怎麼樣。」母親一聽說女兒的男朋友是路歡的合作夥伴，馬上奔去打電話給路歡了。

「作家靠什麼吃飯？這年頭人都吃不飽了，誰還買書？」蘭父對著蘭如眞發難。

「欸！如眞的爸，歡歡說那人收入不錯耶！」蘭母電話都還沒講完，便摀住話筒，喜孜孜地向蘭父這頭呈報軍情。

「收入不只要不錯，還要穩定啊！」蘭父不以爲然地回應完蘭母，接著又恨鐵不成鋼地對著蘭如眞道。「妳怎麼不好好找個公務員當對象？還有，妳說他叫什麼名字？李烽？他爸爸走得早不要緊，但他媽媽不會來提親是怎麼回事？他和家人關係不好嗎？那他媽媽老了以後誰要照顧？總不成都靠他弟弟吧？這也太推卸責任又太不孝順了！如眞啊！爸爸不會害妳，爸爸跟妳說——」

「爸，他的家庭狀況是有比較特殊一點，但不是你想的這個樣子，他——」

「哎哎哎！我說你們先別急著爭這個，眼見爲憑，無論如何，人先帶回來就對了！」與路歡通完電話的藺母當機立斷，做了結論。

爲了母親這句眼見爲憑，藺如眞足足失眠了好幾晚。

「我爸爸喜歡下棋，喜歡喝茶，在郵局上班；我媽媽也在郵局工作，和我爸是經過朋友介紹認識的，感情挺好。我媽喜歡上菜市場，喜歡裁縫，我家的桌巾、窗簾都是媽媽做的……」到了一起回臺中的那天，藺如眞沿途都在絮絮叨叨。

「我爸很介意作家的收入不穩定，也很介意你媽媽不會參與我們的婚事，還問我你媽媽老了以後要靠誰照顧，以爲你不孝順，要把所有的事情推給李陽，我有——」

「好，如眞，我知道了，沒事的，妳別擔心。」李烽打斷她的憂慮，一副兵來將擋、水來土掩的鎮定。

可是，藺如眞怎能不擔心？

她知道李烽觀察入微，該細膩的時候總不會讓人失望，像他今天甚至沒有穿平時慣穿的黑衣，大概就是因爲知道有些長輩很忌諱吧？

但是，李烽越認眞，她越害怕父親找他麻煩。長輩鬧起脾氣來的時候，不是講道理可以解決的，李烽會明白這件事嗎？

果然，到了蘭如眞家裡，幾句寒暄過後，一頓飯吃不到一半，蘭父就切入主題了。「作家的收入不穩定，你對未來有什麼計畫嗎？」

來了！蘭如眞捏了把冷汗，李烽倒是有備而來，放下筷子，一一將他的生涯規畫、財務狀況、保險投資等等之類全數報告了。

可是，他說得越詳細，蘭父的臉色就越難看，顯然沒有臺階下。李烽也跟著皺起眉頭，像在思量蘭父究竟在盤算什麼，飯桌上氛圍詭譎，靜悄悄的，十分尷尬。

「哎呀！想聊什麼吃完飯再聊，吃飯何必說這個？」蘭母見氣氛不對，試圖想緩頰。

「那令堂呢？你對於令堂又有什麼打算？」蘭父再度發球。

「關於母親，我與舍弟有取得共識，考量到將來我們也都會有各自的家庭，所以——」

聽到「各自的家庭」，蘭父登時便發作了。

「你連一個正常的家庭是什麼樣子都不知道，要怎麼談家庭？連自己的母親都可以忤逆到讓她不願意來參與終身大事，你要我怎麼相信你會對我女兒好？」

「爸！」蘭如眞這下確定，父親對李烽的家庭背景早有偏見，怎樣都不會滿意，根本只是在找麻煩而已。「李烽又不能選擇他的出身，你這樣說對他不公平！」

「公平？每個人生下來都是不公平的。」蘭父氣急拍桌！

「別說了，飯菜都要涼了，來來，快吃飯。」蘭母趕忙打圓場，拍了拍蘭父的背，要他別再說了。

李烽也將藺如眞的筷子遞給她，朝她搖頭，表示不在意。但藺如眞的臉頰猶然氣鼓鼓的，什麼胃口都沒了，對父親的不滿簡直累積到了頂點。

不歡而散，一點轉圜的餘地也沒有，用過餐後，李烽便被連聲道歉的藺母請出門了。

「對不起，害你來我家受這種氣……」送李烽走出自家小巷的時候，藺如眞垂眸開口，說得很是內疚。

他們是挑週末回來的，本來就預計要待六、日兩天，李烽早已訂好附近的飯店。

李烽腳步一停，看著她好半晌，神色平靜。

「伯父說得沒錯，我確實不知道一個正常的家是什麼樣子，要怎麼給妳一個正常的家？如眞，妳很幸福，妳有很疼妳的家人。」他就事論事，平緩的口吻中聽不出任何情緒。

藺如眞聞言一愣，定定注視著他，看不出他靜深的黑眸中藏著些什麼，有那麼一瞬間，她以爲他就要放棄了。

「不要分手，拜託。不要放棄我，我會說服我爸的，眞的。」藺如眞緊緊拽住他的衣袖，心裡頭的恐懼感是那麼猛烈。

他又要推開她了嗎？不要分開，拜託……

「妳在想什麼？」這回換李烽嚇了一跳，出手彈了下她的額頭。「我不會因爲妳的家人放棄妳，就像妳也從來沒有因爲我的家人放棄我一樣，笨蛋。」

罵她笨蛋的時候，他笑了，藺如眞卻更加傷心了，一把撲進他懷裡，撲撲簌簌地哭了。

「對不起，我害你好委屈，我爸爸好討厭……」

「傻瓜，我不委屈，伯父也不討厭。」李烽揉了揉她髮心，又笑了。

他是眞不介意，這世界上除了母親之外，哪裡還有更難纏的長輩？他只想著要如何解決問題而已，所以沿途都在思索。

「我回飯店，妳早點回家休息，不要送我了，明天中午我會再來。」李烽拿出手帕，抹掉她腮畔的淚水，掐了掐她的臉，將手帕塞進她掌心。

「你不要再來了，不然不知道我爸又要對你說什麼討厭的話，我們不結婚不要緊，就算要結婚，也可以去公證……」藺如眞接過手帕，按了按眼角，眼睛、鼻子都紅通通的，看起來很委屈。

「如眞。」

「嗯？」藺如眞抬眸睞他。

「我知道不被祝福是什麼感受，所以，至少希望妳是受到家人祝福而出嫁的。」李烽說得非常認眞，無比認眞，他是眞的很愼重看待這件事。

「嗚……對不起、對不起……」可是，他這麼一說，藺如眞才止住的眼淚又開始瘋狂落下了。討厭他媽媽，也討厭她爸爸，討厭！嗚……

「別哭了，很醜。」眼見她哭得更傷心，不知該拿她如何是好，李烽有點頭疼。

「醜也來不及了，醜你也要娶我，嗚……」悲從中來，藺如眞又開始胡言亂語了，明明有手帕不用，硬要抓他袖子來擦眼淚。

「好。」李烽實在很難不對著她的哭臉笑出來。她知道她此刻的模樣很可愛嗎？

「哭完了快回家，不要和伯父吵架，知道嗎？」李烽將她按進懷裡，由著她哭，靜靜地摟著她，等待她的情緒過去。

藺如眞哭了好一會兒，好不容易眼淚收住了，與他道別過後，回家時，滿臉通紅，全是哭過的狼狽。

一進門，等著她的是盤胸坐在沙發上、一臉鐵青的藺父。

「哭什麼？那小子放棄了？抗壓性這麼低，可見不是眞心喜歡妳。」

「他說明天中午會再來。我去洗澡。」藺如眞吸了吸鼻子，因爲不想和父親吵架，整句話都是看著地板說的，悶悶地走了。

「你的寶貝女兒傷心了，這下你高興了？」藺母橫了藺父一眼。

「哼！」看女兒哭成那樣，藺父才不高興，氣呼呼地回房了。

✲

隔日，不到中午十一點，李烽便來了。

「李烽？你怎麼這麼早來？我才剛從市場回來，飯都還沒煮。」開門的蘭母見到來人，馬上驚慌失措了起來。

蘭如眞昨天跟她說李烽中午會來吃飯，所以她早上還特地跑去菜市場買菜，這下都還沒開始備菜，客人就已經到了，眞不知該如何是好。

「是我讓他早點來的，我今天想早點回臺北。」蘭如眞從房裡走出來，手上還提著行李，一副「爸爸若還是對李烽不客氣，我就要跟他私奔的模樣」。

蘭父坐在沙發上看著報紙，冷冷掃了蘭如眞與李烽一眼，耳邊聽著這一切，心裡更加不爽快了。

「伯母，我來幫忙吧。」李烽很淡定，神色如常地和蘭父打過一個沒人回應的招呼，對正要進廚房忙碌的蘭母開口。

「你會煮飯？」蘭母看來非常驚訝。

「一點點。」李烽頷首，這很顯然是謙虛。

「不是一點而已，平時我下班，都是李烽煮好晚餐等我的。」蘭如眞忙著爲男友加分，見縫插針，趕忙補充。

「眞好，哪像如眞她爸，要他進廚房跟要他命一樣，就連洗個碗也拖拖拉拉的。」蘭母忍不住碎念。

「咳！」蘭父清了清喉嚨。會煮飯了不起啊？男人進什麼廚房？不洗碗又怎樣?!老婆還不是慣著他幾十年？

「你是客人，哪有讓你幫忙的道理？」蘭母轉頭看向李烽，不好意思地回絕。

蘭如眞內心哼哼，昨天爸爸那麼不客氣，有把李烽當客人嗎？

「伯母，別客氣。」李烽依然一派從容自適。

「好吧，既然這樣，那……你去洗米好了。」蘭母猶豫了會兒，決定分派給客人最簡單的工作。

「好。」李烽尾隨蘭母走入廚房。

李烽與蘭母一離開，客廳裡僅餘蘭父與蘭如眞，兩人各懷心思，臉色都不是太好看。

傻傻佇立了會兒，蘭如眞若有似無嘆了口氣，走到父親身旁，小心翼翼地坐下。「爸，我眞的很喜歡他，他眞的對我很好。」

蘭父翻動報紙，沒有回話。

「我沒有說謊，平時都是李烽在煮飯，盯著我不能只吃喜歡的東西；他對我很好，很疼我，就像爸爸你一樣疼我。」

聽見藺如眞提起自己，藺父眉心一跳，神情總算稍稍放軟了。

「昨天我難過，李烽還特地叮嚀我不能和你吵架……其實，他眞的是個很孝順的人，很疼弟弟，也很愛護媽媽。我們當時在討論結婚這件事的時候，我本來想乾脆跳過他媽媽算了，可是他還是堅持要去通知母親，雖然……結果不是太好，他媽媽還是不願意出席，但是，他眞的已經盡力了。爸，他的家庭狀況不是他能選擇的，可是，他選擇成爲了一個很好的人。」

藺父抿了抿唇，還是沒有回話。

「我知道爸爸疼我，捨不得我吃苦，怕我嫁錯人，後半輩子辛苦——」

「妳也知道？」藺父挑眉，總算把臉抬起來，正視藺如眞。

「爸，相信我，他很好，我也會過得很好的。」藺如眞將手放在父親手掌上，親密地挨著父親肩膀，說得十分誠懇，又帶了幾分撒嬌。

藺父望著女兒覆蓋著他的手掌，枕在他肩上的髮心，內心百感交集。

或許女兒所言屬實，李烽值得託付，但他就是……捨不得。

女兒呱呱墜地的那一刻，第一次對他笑的時刻，蹒跚學步的時刻，第一次上學的時刻……往事歷歷在目，怎麼一轉眼，女兒就長得這麼大了呢？

藺父內心有些感傷，保持沉默，而藺如眞靠在父親身旁，也不再說話。

父女倆靜靜挨在一起，心裡似乎都想著些什麼，可誰也沒有先開口，只是寂靜無聲地看著時光流逝。

「可以吃飯了！」過了好半晌，從廚房出來的藺母在圍裙上抹了抹手，朝這兒喊來。

「好。」藺如眞上前擺碗筷，李烽很自動自發地拿起空碗，一一爲每人盛飯。

「李烽，你實在幫了太多忙了。」藺母一邊做著廚房收尾的工作，一邊稱讚。

李烽洗完米不久，站在旁邊看了她的備菜，就自動自發當起下手，做起些切蔥、薑、蒜的動作，很俐落也很聰明，實在太好用，到了最後，甚至有好幾道菜都是李烽炒的。

「伯母別客氣，我做的都是些小事。」李烽很謙虛，藺如眞很得意，藺父很不高興。

「煮飯本來就是小事！」藺父很不給面子地就座了。

藺母撇了撇唇，本來想說什麼又嚥回去；藺如眞對爸爸的背影做了個鬼臉，拉著李烽的手坐下。

不多久，四人都坐定開動了，咬下飯粒的第一秒，藺母愣了愣，看了看自己碗內的飯，再看了看藺父碗內的，有些詫異地望向李烽。

「媽，怎麼了？」藺如眞察覺到母親的目光，疑惑地問，藺母還沒回答，李烽先接話了。

「昨天注意到伯母吃飯時拌了湯，猜想伯母大概喜歡吃鬆軟一點的飯，可是因爲和伯父的習慣不太一樣，所以只好拌湯。洗米時就稍微傾斜了一下內鍋，讓白米呈現一邊高一邊低的狀態，這樣一半水少，一半水多，煮出來的飯就會一半稍硬，一半稍軟。」李烽慢條斯理地答，很容易就能猜到蘭母困惑的原因。

「原來如此，我煮飯煮了這麼多年，都沒想過可以這樣。李烽，你眞細心。」蘭母笑開，明顯很高興，對李烽更加滿意了。

料理是技術活也是體力活，更需要耐心與細心，能做一手好料理的孩子能有多壞？

「哪裡，伯母過獎了。」

「哼！」蘭父哼了一聲，蘭如眞卻偷偷笑了，還甜甜蜜蜜地看了李烽一眼，看得蘭父心裡更不是滋味了。

蘭父眉心深鎖，雖然對於李烽的家庭狀況還是有些意見，但由於想了解他究竟是不是個可靠的對象，席間持續觀察著李烽的一舉一動——

看李烽為蘭如眞挾了青菜，剝了蝦殼；主動接過他的空碗，爲他添了第二碗飯，也爲妻子盛了湯。

看李烽的坐姿端正、吃相文雅，飯後甚至收整了桌面，將桌子擦得一塵不染；動作很熟練自然，就像是非常習慣做這些事，不是做做樣子而已。

李烽的言談很有條理，舉止也很貼心，觀察力更是敏銳；他才拿下茶葉罐，一回頭，李烽已經在桌上擺好茶具。

假若不是挑女婿，換作挑下屬，他對李烽肯定是滿意的。可是，說到這個挑女婿嘛——經濟無虞，做事認眞，品行看來還不壞，女兒喜歡，妻子也喜歡……他究竟在挑什麼？

說穿了，就是心裡過不去，才會處處找麻煩，雞蛋裡挑骨頭。

但是，女兒現在青春正好，還能再讓他這樣挑剔幾年？

過幾年，女兒年紀大了，說不準他想挑剔女婿還沒得挑了。難不成眞要把女兒留在身邊，孤老一生？

蘭父內心糾結，搖擺不定，擺了一下午臉色，傍晚時，蘭如眞和李烽要回臺北了。

「眞的不留下來吃晚飯嗎？」蘭母送兩人到門口，依依不捨地道。

「不了，媽，明天還要上班呢！我想早點回去。」蘭如眞抱了下媽媽。

「好吧，有空就常回來。」

「知道。媽再見，爸再見。」蘭如眞擺手向父母親道別，李烽跟著作別，臨走前，卻驀然被蘭父喚住——

「李烽。」

「是，伯父。」

「別想私自跑去公證結婚，我要風風光光嫁女兒。」蘭父板著臉，義正詞嚴。

「謝謝伯父。」李烽回應得很快、很自然，但是蘭母和蘭如眞顯然嚇了很大一跳，兩人相視一眼，遲遲沒反應過來。

「我和如眞討論過後，若有不懂的細節，再來請教伯父。迎娶儀式、宴客地點和桌數那些比較繁瑣的部分，再麻煩伯父提點了。」李烽說得清淡，面子全作給藺父，藺父顯然很受用，頻頻頷首。

「喊什麼伯父？可以改口叫爸了。」藺母終於反應過來，唯恐藺父改變心意，趕緊打蛇隨棍上。李烽抿唇微笑，擔心惹藺父不快，沒有眞的改口。

「呃？」藺如眞還是一臉驚嚇加呆滯。現在到底是什麼情況？

「現在叫爸還太早了！」藺父額冒青筋，風風火火地將藺如眞和李烽一同趕出去，砰一聲關上大門。

「伯父和妳好像。」李烽瞪著那扇緊閉的門扉笑出來。

「哪有？我才覺得我爸跟你好像咧！」終於慢吞吞反應過來之後，藺如眞下了這個結論。爸爸這麼彆扭，不像李烽像誰？怎麼會像她呢？

「因爲是一家人，所以很像。」李烽笑了。

「誰現在跟你是一家人了？」怎麼有種被占便宜的感覺？藺如眞雙頰染紅。

「妳。」李烽俯身睞她。

藺如眞與他對望，看著他這兩天緊皺的眉心終於舒展開。他爲了搞定她爸媽傷透腦筋，令她的罪惡感又湧現了，沒頭沒腦地，就是很想說些什麼。

「我以前啊，好討厭你媽媽，可是我現在覺得，我應該不要那麼討厭她了。因爲，不管怎麼說，都是因爲她把你生下來，所以我才能遇見這麼好的你；雖然她錯待你，但是，你卻因此這麼細心，這麼體貼，還這麼會煮飯，連我爸媽都收服了。下次、以後……如果有機會和你媽媽見面，我也會盡量忍耐，我……」

「笨蛋，誰要妳忍耐什麼了？」李烽掐住她軟嫩嫩的臉頰，嘴上念著她，內心卻是感動且柔軟的。

沒有人應該忍耐什麼，有她的一輩子，都是好的。

因爲相遇了，所以是好的。他很珍惜。

「對不起，這兩天害你這麼委屈。」藺如眞摸了摸李烽的頭，哄小孩似的。

李烽將她的手抓下來，握在掌心，俯身，附耳在藺如眞耳畔說了句什麼，令她雙頰羞紅，出拳打他。

「你這壞人！我要跟我爸說我不嫁了！」藺如眞一副回身要按電鈴的模樣。

「請。」李烽嘴上說著請，卻將她牢牢抵在牆邊，用雙臂困住她，動彈不得。

「哼哼！好過分！這是什麼『請』啊？既然『請』了就放開我啊！你就是吃定我不會眞的和我爸講！又要威脅我！」藺如眞瞪他。

討厭！他這麼惡劣，怎麼她還是這麼喜歡他呢？居然還覺得他很可愛。

「是，就吃定妳。」李烽俯身吻她，笑得很愉快。

「這兩天委屈不要緊，欺負妳一輩子，討回來。」

是，這輩子都吃定她。

他們就要有家了。

Home Sweet Home。

膽小鬼與棉花（上）

「我想，我們應該要搬家。」晚餐過後，李烽站在907內，毫無預警拋出這麼一句。

「搬家？爲什麼？怎麼這麼突然？」藺如眞嘴裡咬著肉桂捲，圓圓眼睛睜得大大的。

「如眞，妳會想搬回臺中嗎？」李烽自顧自的問。

「不想啊，我在表姊這邊做得好好的，回臺中能不能找到工作是一回事。我爸媽一天到晚來巡水田又是另一回事，我會有點困擾的。」這就是獨生女不爲人知的痛苦，說出來好像有點不孝，但她覺得李烽會懂。

「嗯……」李烽沉默了會兒，想了想，可以理解，也不無道理。

「表姊當初之所以找我來臺北工作，有一部分也是不希望我被保護過度啊！更何況，我爸媽還算年輕，身體還算硬朗，他們沒有希望我回鄉，目前也還沒有這個需要。」她把最後一口肉桂捲吞掉，走到流理檯旁。

「怎麼突然問這個？我們爲什麼要搬家？」她旋開水龍頭，聲音混在水流裡，聽起來有些模糊。

李烽望著她穿著連身睡裙的身影，一時間有些失神。

這些日子以來，她的頭髮長了，上班時總習慣把頭髮束成馬尾，在家時，則用鯊魚夾固定在後腦杓；她胖了一點點，每回穿褲子總是又蹦又跳，一副想和長褲決鬥的模樣，最後索性捨棄長褲，就連在家也穿睡衣——不用說，這些肉八成是他餵養出來的。

「不是決定要結婚了嗎？這裡不太適合當新家。」他看著她這副居家的愜意模樣，越看越覺喜愛。

即便只是如此看著她洗碗的背影，看著她熟睡，看著她吃東西時笑得眼眉彎彎，都有種難以言喻的踏實感，已經無法想像沒有她的未來。

未來的模樣越來越鮮明，便越覺目前的居所不適合。

「會嗎？我覺得挺好的啊！」她洗好碗，在擦手巾上抹了抹手，走到李烽身旁。

「不好。」李烽眉心皺褶擰得更深了。

「這層樓是房東為了出租用的，一共隔成四間套房。雖然我已經將903和907打通，但妳搬過來的話，地方就不夠寬敞了。除非要將905和901也承租下來，但承租下來的話，中間還隔著廊道，空間該怎麼妥善利用？若也打通，工程很大，房東未必會答應。」

「呃……現在這樣也還好吧？」他毫不換氣說了這一大串，到底是自己一個人偷偷打算多久了啊？藺如眞嚇了一跳。

「其實我的東西也不多啊，頂多就像現在這樣，我有時候也會過來睡，你挪個地方讓我放東西就好了。」

「這裡一廳一室一衛，再加上我的工作區域，空間已經運用到極致了。即使妳的東西找得到地方放，那如果以後有小孩呢？妳不是很喜歡小孩嗎？小孩睡哪？有地方跑跳嗎？有地方收納他們的衣服、玩具嗎？更別說小孩上學後，還要擺他們的書桌、床……」

「呃？」藺如眞這下澈底嚇到了。「等、等等！你進度可以慢一點嗎？現在就安排到小孩了是怎樣？我是懷孕了嗎？」她驚嚇得望向自己肚皮，沒有這麼驚悚吧？

「妳是白癡嗎？」李烽很無奈。

「你才是控制狂咧！」藺如眞不服氣。「你乾脆擔心以後要是三代同堂怎麼辦咧。」

「……」李烽推了推眼鏡，瞇起眼睛，腳底板開始打拍子。

「好好好，我正經、我正經。」藺如眞背脊發涼，舉起雙手投降。

她彷彿聽見地獄的鎭魂歌……

「不管怎麼說，至少得再隔間房出來。」李烽想了想，又補充了一句。「妳休想借給什麼阿貓阿狗睡。」

可惡！到底要因爲學長的事情記恨多久啊？她都已經被念怕了。不過……

「有間房也挺好的，若以後不當小孩房，我們也可以分房睡。」她眼神一亮。

這句話裡的資訊量太大，李烽頭有點痛。他走到工作桌前坐下，從抽屜裡拿出紙筆。

「不當小孩房是怎樣？妳之前說過想要孩子，改變心意了？又或只是不想這麼早有？那有想過何時要生小孩嗎？」他一邊平緩地問著，一邊在白紙上寫上「小孩」兩個字，像在和她討論公事。

藺如眞簡直要被這一切嚇壞了。

她理智上知道他們要結婚沒錯，但是她並沒有預期要做這麼明確的規畫，李烽這儼然要排出計畫表的魄力是怎麼回事？

「呃，我沒有想過這件事，我想想……唔，至少再過兩、三年吧？我現在二十八，三十四歲好像就是高齡產婦了，那……過三十歲後再說？」

「也行。」李烽沉默了會兒，點點頭，在「小孩」旁邊接著又寫了些什麼。

距離太遠，藺如眞看不清楚紙上的字，索性拉了張椅子來，挨在他身旁。

「31？33？這什麼？高齡產婦的年齡？其實我也不太確定，不然我查一下──」藺如眞靠在他肩頭，準備拿出手機Google。

李烽一把將她的手握住，溫煦的男人笑顏在她耳旁淡淡綻開，就連嗓音似乎也輕柔了起來。「是我們的年紀。有孩子的時候。」

「啊？」藺如眞一愣，想了想，不自覺跟著他笑了。「你怕老了帶不動小孩？」

「妳都不運動，萬一小孩將來滿屋子跑，妳追不動。」

「有運動了不起啊？你還比我老咧，你才追不動咧！」蘭如眞打他。

「那，孩子的事暫且這麼定了？」李烽笑著抓住她手，鏡片後的黑眸靜深地望著她，沒來由望出她一串促急的心跳。

搞什麼鬼？交往這麼久了，都已經在商量人生大事了，怎麼還會覺得他帥得要命呢？

「定什麼定啊？萬一生不出來咧？而且……你有想要小孩嗎？」她本以爲李烽既然有著不愉快的家庭經驗，對家庭啊、孩子啊，應該不會有太多的憧憬與想像，就像她當初認爲他不會想結婚一樣。

決定走入婚姻已經很令人驚奇了，沒想到他的人生藍圖裡竟然還有孩子？她當初也只是隨口一提，哪知道他竟然聽進心裡，還這麼認眞？

「有的話不錯，沒有的話也無妨。妳不用有壓力。」

「什麼不用有壓力啊？你現在這麼嚴肅討論這些事，就已經很有壓力了。」蘭如眞做了個很受不了的表情。

「妳希望我嘻皮笑臉地談？」李烽挑眉。

「也不是啦……」她不知道該怎麼形容，就是……覺得怪怪的嘛！可要她具體說出哪裡怪，她又說不上來。

「好，那我們再來談談別的。妳剛剛說要分房是怎麼回事？」

「啊？哦……對。」她愣了會兒，終於想起她剛剛講過這句話。「分房睡不錯啊！」

「哪裡不錯了？」李烽皺起眉頭。「爲什麼？」

「我們作息不一樣啊，你又淺眠，我出門上班都會把你吵醒不是嗎？更何況你有時候熬夜工作，我出門的時候，你都才剛睡不久——」

「我半夜上床會吵到妳？」

「不會，我連你什麼時候躺上床的都不曉得。」

「我想也是，妳睡得像豬。」

「……」剛剛爲什麼會對他產生同情心呢？

李烽搖頭。「我不介意。」

「但我介意。」她插起腰，難得的態度堅決。「一人一間房，作息搭得上的時候再一起，這樣很好，很多名人也分房睡啊！」

「誰？」他推了推眼鏡。

「呃？」她被他問住，霎時間心虛了起來。她就是隨口胡謅的，誰知道有哪些名人分房睡啊？「祖克柏？」喊得出名字的名人寥寥無幾，只能碰運氣了。

「祖克柏爲了讓妻子一覺到天亮，還發明了個『睡眠盒』。」李烽滑開手機，三兩下點出那個盒子給她看。

什麼鬼？誰會知道這種事啊？好好好，算他見聞廣泛可以了吧？再換一個。

「比爾蓋茲？」她握拳。

「他離婚了。」

什麼時候的事?!為什麼李烽連這都知道啊？

「賈柏斯？」她不死心地瞎講。

「賈柏斯都已經過世了。」李烽盤起雙臂，一臉「妳再編啊」。

「哎喲，你眞的很煩，我就不想吵你嘛！你這麼咄咄逼人幹麼？」她投降，她認輸，她兩手一攤。

「你該不會以為我都不知道，自從我們在一起後，其實我已經為你添了很多麻煩吧？像剛剛那個肉桂捲，你根本就討厭肉桂，對吧？是因為我愛吃才買的。還有，你原本沒有天天下廚的，可是為了怕我胡亂吃，有時連趕稿都堅持要煮飯。然後，你還因為擔心我會吃醋，所以刻意避開上善……你是不是以為我眞的很笨啊？其實這些事情我都知道啊！所以至少在睡覺這件事上，我不想讓你妥協嘛！」

「我沒有妥協。」

「你有。」

「我沒有討厭肉桂。」

「表姊買給你的咖啡加了肉桂，你倒掉了。」

「我沒有刻意避開上善。」

「上善說你之前要拿東西給李陽，到了冰場卻發現只有她一個人在，掉頭就走了。」

「我只是想起廚房火沒關。」

最好是啦。蘭如真有樣學樣，盤起雙臂，一臉「你再編啊」。哼哼，交往多年，小孬孬終於硬起來啦！

「我並沒有覺得被妳打擾，不需要分房。」李烽始終堅持。

「但我不想打擾你啊。總之，我想分房。」終於熬出頭的小孬孬同樣堅持。

兩人大眼瞪小眼，誰也不讓誰，沉默了好半晌，李烽推了推鼻梁上的眼鏡，出口的聲音難得聽起來有些猶豫。

「我覺得……」他頓了頓，話音逸散在空氣裡，顯得相當不自然。

「覺得什麼？」她連眼睛也不敢眨，屏氣凝神。

「我好像……」他又頓了頓。

「好像什麼？」她莫名地越來越緊張。

「妳可不可以不要插嘴？」

「那你就講快一點啊！」

李烽望著她，持續望著她，喉結滾動，嘴唇閉了又掀，心裡想說的那些話，居然連一句也開不了口。

「算了，隨便妳。」他臉色陰沉，大跨步轉身便走。

什麼「算了隨便妳」？吵架時講出這句話根本自找死路啊！

結什麼婚啊？白目大魔王！

「大笨蛋！」她對著他的背影怒吼，門一關，氣呼呼地回到905。

看！分房多好，吵架時還有自己的空間能躲。

再也不要理他了啦！

膽小鬼與棉花（下）

「如眞，我打算找李烽來聊聊下半年的出書計畫，幫我問他何時有空過來一趟。」

隔天，在出版社裡，路歡走到藺如眞的座位旁，敲敲她的桌面。

「妳自己問啦。」才不要跟白目大魔王講話咧，藺如眞忿忿地回。

「你們吵架了？」路歡一愣。眞稀奇，依她的觀察，李烽固然壞嘴，對藺如眞可是捧在掌心，半點磕碰不得，寶貝得要命。

「……」藺如眞猶自生著悶氣，把臉埋在螢幕裡。

「幹麼？李烽不是都已經去妳家提親了嗎？阿姨對他讚不絕口，還向我誇了好幾遍。婚前恐懼症哦？妳還他？」她沒回話，路歡就當她默認了。

不提就算了，一提到結婚，藺如眞火又上來了，臉色霎時沉了幾分。

「結婚要應付的瑣事太多了，婚前吵架很正常啦。」路歡拍拍她的肩，以過來人的心情。

「才不正常咧，他不知道發什麼神經，突然說要搬家，然後——」

藺如眞越想越氣，一五一十全說了。

「我還不是心疼他，結果他竟然說什麼隨便我?!眞是招誰惹誰啊！」招誰惹誰？不就是李烽嗎？蘭如眞拿起桌上水杯，恨恨灌了一大口。

「要不是怕他睡不好，我也不會想分房啊！他要是再這樣不可理喻，根本不用進展到大小聘、迎娶那些更瑣碎的事，我們就已經吵不完了。」

蘭如眞講著講著，突然發現路歡歪著頭不知道在思索什麼，很不像她的作風。

「表姊，怎麼了？妳也幫我罵罵他啊！」蘭如眞推了推路歡手肘，眞的很希望有人能陪她同仇敵愾。

路歡沉吟了會兒。「妳不是說過，李烽以前都被他媽冷暴力，所以才會過度換氣嗎？」

「對啊！不過他已經很久沒發作了。」蘭如眞點頭。這跟那沒關係吧？

「我只是在想，如果他媽以前一直都把他排除在外，那他會不會其實……還挺享受被打擾的？」

「啥？」蘭如眞有聽沒有懂。「這什麼道理？」

「就是，妳想嘛──」路歡拉了張椅子，在她身旁坐下。「他一直被家人排除在外，媽媽不需要他，眼中只有弟弟，放任他自生自滅。那，他媽媽除了希望他不吵不鬧之外，自然也不需要他爲家人做任何事，對吧？」

蘭如眞想了想，李烽確實說過他小時候曾爲媽媽和李陽下廚，後來卻不了了之這回事。

「應該是吧？」

「妳說，他為妳做了很多妥協，老是遷就妳，但這些說不定就是他一直想為家人做，卻始終無法做的。他好不容易有了這麼珍惜的妳，還即將有了自己的家，他終於能夠放心付出，但妳卻和他媽媽一樣，拒他於千里之外——」

「我跟他媽媽才不一樣！」藺如眞差點從座位上跳起來。

她最討厭李烽的媽媽了，她怎麼會和他媽媽一樣？她才不要和李烽媽媽一樣！

「哈哈！抱歉抱歉，是我說得太誇張了。」路歡笑著把她壓進座位裡。「我只是認為，坦白接受對方的好意也是一種愛。妳一股腦想體貼他，卻沒顧慮到他的心情，這不就是萬惡的『我都是為你好』嗎？也許被妳打亂生活步調，為了配合妳而做出調整，就是他很想做的事情。兩個人生活鐵定沒有一個人生活來得舒心自在，但這就是成為一家人必經的過程，也許，他一直很羨慕也說不定？」

如果眞是這樣的話……如果李烽眞如表姊說的這樣的話……

李烽那句被她打斷的話究竟是什麼？她頓時好在意，氣彷彿也消了大半。

藺如眞驀地沉默下來，心頭緊了緊。

「我也不知道說得對不對，總之，你們找個時間好好談談。能遇到喜歡的人多不容易，都已經走到這一步了，不要輕易放棄。」路歡拍拍藺如眞的肩，起身回座位。「吵完了就把他押來出版社，下半年的出書計畫就交給妳嘍！」

「等等，表姊，妳跟我講了這麼多，僞裝成一副開導我的樣子，該不會只是想要我把他拐來吧？」蘭如眞指著路歡的鼻子怪叫，突然有種上當的錯覺。

「哈哈哈！」路歡爽朗的笑聲和高跟鞋躂躂躂的聲音一起踩遠了。

眞是的！怎麼她身邊淨是這些賊溜溜，腦子裡九彎十八拐的人啊！走著瞧！她一定要好好解決家裡那隻彆扭、白目又壞嘴的大魔王！

「表姊，我要提早下班！」蘭如眞在座位上大吼，緊緊握拳。

✴

李烽坐在907裡，面前擺著本打開的書，視線卻沒在書頁上聚焦，心思早就飄遠。

他不想和蘭如眞吵架的。

「不是妥協。是我自己喜歡做這些事情。」

明明是一句很簡單的話，卻怎麼也無法順利說出口。

話都已經到了嘴邊，被她一催，竟彆扭得全部嚥回去。

事實上，不只是這句話而已，有些他該做的事，他也遲遲沒有做；早就買好的東西，也遲遲沒能給……

有時，他很氣自己。

是因爲從小到大都沒人顧及他的想法，只要說出口，總沒好事，因此造就了如此不坦率的壞習慣？

推給童年經驗是不對的，他不該有這樣的失誤；除了他自己之外，沒人應該承擔他的過去。他究竟在害怕什麼？

明明知道她只是爲他著想，僅是想體貼他而已，爲什麼他就是無法坦白說出他的想法？想要有她陪，想要她在身旁，即使會因此產生一點點困擾及不便，都能令他心生愉悅。不想分房，只是這樣而已。怎麼會演變到後來，變成一句「隨便妳」？

明明，是想照顧她的……

李烽拿下眼鏡，手肘抵在桌面，揉著緊擰的眉心。

這下好了，該怎麼善後？

他消化情緒的速度向來不快，如果是以往單身的時候，關起門來，自己冷靜個幾天，好好沉澱一下，理出頭緒，也就沒事了。

但如今牽扯到另一人的情緒，就沒那麼單純了。

更何況，藺如眞又是個風風火火的直腸子，很難轉移注意力，晾著她幾天，她就會難受幾天，想等她自己消氣簡直是天方夜譚。

還是主動去找她好了。

煮很多蝦子可以嗎？但最近天氣熱，或許她胃口沒那麼好……青草茶？她前幾天才嚷著想喝，他也確實煮好了，放在冰箱，但激怒了她之後，拿著青草茶去給她，感覺似乎更激怒人……

去接她下班？萬一她要加班，會不會反而因爲他在等她，壓力更大？

不如先傳訊息向她道歉好了。

還在生氣嗎？不行，萬一她說「對」，他不是自找句點嗎？

晚餐想吃什麼？去接妳下班？粉飾太平也不妥。游標倒退再倒退——

對不起，我……

舉棋不定的游標被走廊上傳來的腳步聲定格，砰——907的大門被雷霆萬鈞地打開，李烽手裡的手機差點被嚇掉。

怎麼回事？都還不到下班時間，藺如眞卻像道龍捲風般颳進來。

「大笨蛋！你有話就直說啊！我們還要在一起很久，我不可能每次都用猜的，就算用猜的也未必猜得對，難道你以爲我能一直當解語花或是傻白甜嗎？」她雙手插腰，在李烽的書桌旁站定，居高臨下地瞪著他，一氣呵成，毫無換氣，就像已經在腦海中演練過無數次。

李烽怔怔看著她，驚愕得連眼鏡都忘了戴，實在搞不懂她這句話是從哪憑空冒出來的。

「好，你不要說話，點頭搖頭就好了。快問快答，其實，我們兩個一起住，我會打亂你的生活步調，對不對？」

李烽點頭。

「你不介意被我打亂對不對？」

李烽再點頭。

「你不想跟我吵架對不對？」

李烽還是點頭。

「隨便我也是氣話對不對？」

李烽繼續點頭。

「你是豬對不——痛痛痛！」藺如眞摀著額頭又叫又跳。「說好了只能點頭搖頭，怎麼可以戳人家啦？」

「妳才是豬。」李烽戴好眼鏡，居然笑了。這早已不是新聞，她總有一掃陰霾的能力，總是如此出其不意，能夠令他的心情一瞬轉晴。

「沒良心欸，我都不跟你計較了，你竟然還動手動腳的。」藺如眞皺了皺鼻子，見他笑了，索性一屁股坐在他大腿上，雙手環住他頸項，眞心懺悔。

「是我不好啦，只顧著自己的想法，沒考慮你的意願，還爲了要不要分房嘔氣，眞是有夠白癡的。但是你也不好，你可以坦白告訴我嘛！我沒有那麼聰明，不是每次都能猜得到你在糾結什麼呀，要不是今天表姊——」

「表姊？」李烽眉毛一挑。

「呃？這個、那個……」慘了，說溜嘴了！居然自曝說人壞話的小人行徑！藺如眞嗅到大難臨頭的氣息，起身想跑，李烽卻攬住她的腰，將她圈抱得更緊，不給逃。

「妳向路歡抱怨我？」鏡片後的黑眸微微瞇起。

咕嘟——藺如眞嚥了好大一口，露出視死如歸的表情。

「對不起啦！我就是……因爲眞的很生氣，就不小心碎嘴了嘛……」他們的架都還沒吵完呢，她還添上新的一筆，到底在幹麼啊？藺如眞非常懊惱。

李烽鐵青著臉，緊抿著唇，偷偷藏起一抹笑意。

自爆的小孬孬更孬了，方才衝進門那股石破天驚的氣勢全沒了。

「我眞的沒有胡亂說什麼，就是順口抱怨一下我們吵架，絕對沒有黑你……你會生氣嗎？」都說是「抱怨」了，還能不黑嗎？藺如眞急著解釋，自己都講得很心虛。

看她緊張成這樣子，李烽玩夠了，伸手刮刮她的鼻子。

「我沒有生氣。」他認眞道。「妳心情不好時，有人聽妳發洩，陪妳商量，挺好的。」和她自己一個人生悶氣比起來，他眞的寧願她身旁有人陪。

「什麼嘛！既然沒生氣，幹麼玩人家啦？」蘭如眞鬆了口氣，搥了他好幾拳，又不免哼哼。「這種時候，你倒是挺大方的。要是一開始這麼坦白就好了啊，你直接說你喜歡被我煩被我吵，捨不得分房，我們就不會吵架了啊！」

「……」李烽推了推眼鏡，視線默默飄遠了，總覺得有股說不出的不自在。

「快說啊！說你實在太捨不得我了，少了我空虛寂寞冷，不想獨守空閨——」蘭如眞捏他臉，用力把他的視線拉回來。

什麼獨守空閨？她一定要這麼浮誇又欠扁嗎？

「膽子越來越大了妳！」李烽把那隻在臉頰造次的手抓下來，恨恨咬了口，咬出她一串求饒及笑聲。

「哈哈哈！別咬，很癢啦！我知道，你有想說啦，是被我打斷的。是我太急，才沒讓你把話好好說完……」

蘭如眞笑著把手抽回來，兩人嘻笑拉扯之間，碰到了他擱在桌上的手機，手機螢幕亮起——是她的對話視窗，上頭明明白白寫著他的「對不起」。

兩人同時一愣，李烽的目光再度飄遠。

這個人、這個彆扭的傢伙！藺如眞眞是又氣又好笑。

訊息打好了幹麼不傳啊？他不知道又一個人糾結了多久，演過多少腦內小劇場了？

想到路歡說的那些，她驀地對他更加心疼了起來，也更加自責了起來，緊緊環抱住他，將自己深深埋進他的氣味裡。

「對不起……我明明很討厭『我都是爲你好』那一套的，可是，沒想到不知不覺間，卻還是做出這種事。李烽，我眞的很抱歉，以後如果我再這樣，你一定要直接告訴我，坦白告訴我，不要藏在心裡，自己憋著難受，知道嗎？」

耳畔的嗓音軟綿綿的，和她的身體，和她的心，和她整個人一樣。

鬆軟、包容、溫暖，可以容納所有的他——偏執的、幽暗的、晦澀的，全部的他。

她是棉花，然而他已不再是那個連幸福也害怕的膽小鬼。

「如眞。」李烽抬頭睞她，將她抱得更緊，專注地望著她。

「幹麼？」她微低著頭回望，那眼神太澄澈，彷彿能滌淨他所有的不安與晦暗。

「妳確實是傻白甜。」他唇畔彎起淺淡笑意。

「啊？」她一愣，倏然傻笑了起來，臉頰紅撲撲的。「這、你……幹麼突然誇我？」

「又傻又白目又愛吃甜。」李烽唇邊的笑意更盛。

「一點都不好笑！」說好的浪漫呢？花了好一會兒才反應過來的雷龍快氣死了。

然而李烽卻放聲大笑。

「你很煩！我在跟你講正經的，你還在這邊胡說八道！」藺如眞死命毆打他。「你看！偶爾分房睡超必要的，至少我們生對方氣時，還有一個地方能躲。」

「就算生氣，也別躲我。」李烽還在笑。

「那你就不要惹我生氣啊吼！最會鬧脾氣就你！最壞嘴也你！」藺如眞氣極了，開始物色桌上有沒有稱手的凶器。

「別找了，妳是打不過我的。」李烽一把搶走她手裡的墨水瓶，笑得非常愉快。墨水瓶？這是認眞想置他於死地了嗎？

「那你去睡沙發。」凶器被奪走的人顯然還在記恨。

「不要。」

「那我去睡沙發。」藺如眞立刻想從他腿上跳下來。

「想都別想。」李烽長臂一展，立刻將她勾回懷裡。

「哼。」

「如眞。」

「嗯？」

「妳說得沒錯，我確實很喜歡被妳煩被妳吵。」

「啊……噢。」他突然這麼坦白，一時之間竟令她無法招架。

「雖然妳出門上班會吵醒我，雖然我很累時下廚也會有點煩，但那種……因爲有妳在，才會產生的困擾，讓我……」

她一眨也不眨地望著他，滿心期待，彷彿他即將說出什麼不得了的對白。

「讓我……」李烽頓了頓。「覺得很踏實，也……覺得能活著眞好。」

她覺得心臟受到一萬點爆擊！難道是因爲他嘴很壞，所以他說出的甜言蜜語，才總是會這麼驚人嗎？

她知道他曾爲活著這件事感到多麼自責，所以，她便能明白他這句話是多麼具有分量。

她居然能令他覺得活著眞好，她眞的好開心、好開心……

「你是被虐狂嗎？」她笑得甜蜜，卻忍不住要調侃他。

「姑且算是吧。」李烽跟著她笑。

「眞的不分房？」

「眞的不分房。」

「就算困擾也不分房？」

「就算困擾也不分房。」

「就算吵架也——」

李烽捏住她的鼻子。

「不論好壞，不論富裕或貧窮，不論健康或生病，我發誓永遠都會愛藺如眞，永遠對她忠誠，直到死亡將我們分開。」

等等，這幾句話好熟，這根本是結婚誓詞吧？

藺如眞被捏住鼻子，眼睛和嘴巴同時都睜得圓圓的，看起來很傻，李烽卻緊張得連手心都冒汗。

「雖然已經見過妳父母，但是……始終欠妳一個眞正的求婚。」

他讓她從腿上下來，拿出準備多時的戒指，在她面前單膝跪下。

「藺如眞，妳願意嫁給我嗎？」

不過才幾秒鐘，她卻哭到連一個音都發不出來。

這人到底怎麼回事？原來一萬點爆擊不是最高傷害。

她回想起和他走過的每個片段，明白要他做出如此的舉動與許諾有多麼不容易。

他曾經是一個那麼害怕受傷、害怕不被愛的人，如今卻戰戰兢兢地交出自己，體貼她每個細微的感受，鄭重宣告與她相守的決心。

她怎能不想哭？她是世界上少數幾個，明白他這一路有多麼不容易的人之一……

李烽皺眉，抬手抹掉她的淚。

「蘭如眞，妳眞的要繼續哭嗎？妳哭得很醜。」

「那你就不要惹我哭啊……嗚……哪有人這樣的？好過分……都不讓人家做一下心理準備……而且，你一邊求婚一邊嫌我哭得醜，有事嗎？」蘭如眞吸了吸鼻子，看著他捧在掌心裡的白色絨布盒。

靜靜躺在盒子裡的蝴蝶結戒指好美，斜躺在戒環上的蝴蝶結鑲著碎鑽，閃耀著動人的光，像他眸底的星芒，璀璨、靜深……總令人不自禁屛住呼息，能夠帶走她所有的心跳。

「居然還買好戒指了？嗚，我也沒有自己挑婚戒……」她聽起來像在抗議，李烽身體一僵。

「我問過了，妳不喜歡的話，我們可以拿回去換。我只是覺得，沒有拿戒指求婚有點怪……」黑眸掠過深深的不自在，想闔上蓋子的動作卻被阻止。

「誰說要換了？」蘭如眞一把將戒指搶回來。「我喜歡得要命，你品味好好，戒指好美，我不甘心……」

她認得這戒指，是一位很有名的臺灣設計師的作品，很優雅、很李烽，她眞的很喜歡，不能再喜歡更多了……

「我也覺得我品味很好。」李烽放下心來，又笑了。

「自己講?!」眞的很想打他，不如讓他跪久一點好了！蘭如眞沒發現自己唇邊也揚起笑。

「所以我選了妳。」

再度被殺得措手不及，藺如眞一愣。這人一邊給刀一邊給糖的惡習怕是很難改了，她既無能爲力，又感甜蜜。

他依舊跪在地上，眸光糾纏著她的，仰望著她的眼底藏不住期盼，以及……一點點的小心翼翼。「如眞，妳還沒說妳願意。」

「我願意啦，笨蛋。」她皺了皺鼻子。一邊心疼他，一邊感動，又一邊壞心地想讓他跪久一點。

「可以停止罵妳先生笨蛋了嗎？」李烽失笑。

「壞嘴王！」

「妳到底要不要戴戒指？」

「快幫我戴。」她喜孜孜地伸出手。

李烽愼重地將戒指從絨布盒裡拿出來，額前的黑髮滑下來，長睫搧動，爲她戴上戒指的神情無比專注。

閃耀著奪目光芒的蝴蝶結翩翩滑進她指間，繫在她指上；他眸底的星芒落在她臉上，全是動人的碎光。

「我愛你。」她緊緊攬住李烽的脖子，在他耳邊低聲地說。

他擁住她，深深的，回應的卻是：「我願意。」

兩人同時笑了出來。

我願意。

膽小鬼遇到棉花，不再有傷。

雙胞胎的遊戲

「欸，你看，那邊那兩個人是雙胞胎嗎？」

「好帥哦——不知道誰是哥哥，誰是弟弟？」

路人竊竊私語，以清晰可聞的音量。

李烽和李陽兩人坐在購物中心休息區的沙發上。李陽低頭滑著手機新聞，李烽瀏覽著購物中心內的陳設，偶爾拿起手機拍照，尋找合適的寫作素材。

「眞的長得好像哦！是我目前爲止看過最像的。」

李烽和李陽逕自沉默地做著自己的事情，對類似的對話早已習以爲常，時不時抬起眼，尋找不知道已經逛到第幾間櫃位的藺如眞和周上善。

她們兩人有說有笑，時不時拿起件衣服在對方身上比畫，時不時拎起個包掛在對方手上。

李烽和李陽同時露出微笑，再同時低頭，無預警引來一串驚呼。

「哇塞，連動作都一樣是怎樣？」

「眞的欸，連表情都很像。」

李烽微乎其微地皺了皺眉，調整了下姿勢。

李陽望著身旁的李烽，瞥了眼手機上的時間，不禁失笑。

這座新開幕的購物中心在冰場附近，他陪上善來逛街，卻意外遇到來取材的李烽，和據說嚷著要跟的藺如眞。

兩個女孩購物得伴，加上又一陣子沒見面，一碰面便嘰喳聊個沒完。

「李烽，有上善陪我，你先回家好了。」見到上善時，藺如眞喜出望外，立刻見友忘色。

「小姐，我是來取材的。」也不知道是誰硬吵著要跟？李烽差點失手捏死她。

「啊？對齁，哈哈哈！」藺如眞乾笑。「那你去取材吧，我和上善去逛逛。」

那些可愛的女性用品店，還是要跟女生一起逛才有趣嘛！她要去逛三麗鷗，還要去買內衣！藺如眞在心底歡呼。

「妳們逛，我等妳。」李烽面無表情地走到休息區坐下。

「李陽，那你呢？」上善嫣然一笑，偏眸問李陽。

「我跟哥一起。」李陽聽得出她在趕他，好笑地摸了摸她髮心，眼神裡滿是寵溺。

「好，等等見。」上善挽著藺如眞的手，兩人喜孜孜地進了一家非常粉紅的專櫃。

於是，李陽接著在李烽身旁坐下，從善如流。

而今，距離她們兩人手拉手離開已經過了一個半小時，兩人手上的提袋越來越多，李烽和李陽身旁的座位來來去去的，換了好幾組同樣在等女伴的男人。

其實……這感受還蠻新鮮的。

也許，他下次能寫一個在購物中心物色新獵物的連環殺人兇手？

李烽支著額，望著形形色色的人，心思早就飄遠至下個故事。

然而，他們身旁的對話還在持續。

「不知道雙胞胎的家人要怎麼分辨他們？」

「我知道我知道，別讓雙胞胎小孩穿一樣的衣服就好了啊！每天早上把他們叫來，讓他們報名字，記住他們身上穿的衣服，就Safe了，哈哈哈！」

路人聊著天，嘻嘻哈哈地走遠了。

李烽與李陽同時低頭，瞥了眼自己與對方身上的衣服。

李烽還是萬年如一的黑衣、黑褲，李陽今日穿的也是黑褲子，只是短袖T恤外加了件復古格紋襯衫。

他們是同卵雙胞胎，當然長得很像，甚至，憑藉著過往的成長經驗，他們也能知道，他們比很多同卵雙胞胎更像。

除了要近看才能分辨出的眼睛顏色之外，他們的身高、身形、膚色相差無幾，更沒有胎記或痣。

若摘除了李烽的眼鏡，兩人在外觀上幾乎找不出明顯差異。

眞要分辨兩人，僅能靠氣質，然而氣質豈是不相熟的人能夠掌握的？

像剛剛那些人說的那樣，靠衣服來辨識？

他們的母親陰晴不定，他們在成長過程中戰戰兢兢，即便有如此大膽的想法，也不敢輕易嘗試，但……

藺如眞和上善呢？

她們又是怎麼區分他們的？

即使她們是最親密的枕邊人，但在已經知道他們今天穿了什麼衣服的既定印象下，還能準確分辨出他們兩人來嗎？

「交換穿怎麼樣？」

李陽提出邀請，兄弟倆交換了個眼神，神祕地彎起唇角。

＊

片刻過後，兩個女孩終於逛累了，手裡拿著提袋，心滿意足地朝他們走來。

「李烽，我跟你說──」

藺如眞前行的腳步不易察覺地頓了頓，微調方向。

「我買了這個給你耶！你看！」藺如眞得意洋洋地在沒有戴眼鏡，穿著復古格紋襯衫的男子面前，攤開戰利品。

「李陽——快來幫我拿東西。」上善朝黑衣、黑褲，戴著眼鏡的男人揮手。

明快果決、斬釘截鐵、毫無遲疑，完全無視他們身上的衣服與眼鏡。

不好玩。

爛透了。

遊戲還沒開始就結束了。

李烽與李陽相視一眼，同時垮下肩膀，卻荒謬得想笑。

✴

回程的路上，上善走在李陽身旁，若有所思地瞅著他。

「李陽，你剛剛幹麼和李烽換衣服？」

「妳有注意到？」

「當然，你以爲我瞎了？」

「妳怎麼知道是我？」

「李陽，你六歲時，我就認識你了。」上善柔麗地笑。

「太低估妳了。」李陽將她摟進懷裡。

是啊，他怎會忘了，他的生命裡有她的時光，遠遠超過沒有她的。

從前是，現在是，未來抑會是。

✵

而另一頭。

李烽沉著臉，納悶地盯著直到回到家之後，都還在滔滔不絕的藺如眞，終於忍不住開口發問。「妳沒發現我和李陽交換衣服和眼鏡？」

「啥？有嗎？什麼時候？爲什麼？」

「……」

算了，他放棄。

傻瓜的直覺或許遠遠比大腦更可靠。

這可能是一種超能力，嘖。

李烽把藺如眞撈過來，在她手臂上重重咬了一口。

「幹麼咬我?!」藺如眞大叫。

李烽大笑。

他很愛這個有超能力的傻瓜，非常。

捨生的甜蜜

搬到新居後的婚後第二年，藺如眞懷孕了，預產期落在她三十一歲、李烽三十三歲的時候，一切都和計畫中一樣。

然而，計畫之外，很多事情是無法預期的。

比如，孕期的不適，以及寶寶的性別及胎數。

「媽媽，恭喜妳哦！是雙胞胎。」醫生在超音波畫面上指出兩個小白點的位置。「有看見嗎？這裡還有一個。兩個心跳都很清楚。」

躺在診療床上的藺如眞和一旁站著的李烽同時一愣。

「因爲你是雙胞胎，所以遺傳嗎？我的家族裡好像沒有任何雙胞胎耶。」藺如眞傻傻地問李烽。

醫生笑著接話。「應該不是來自爸爸這邊的遺傳，異卵雙胞胎才有基因遺傳的可能，且大多來自母系；同卵雙胞胎則是受精卵隨機分裂，全憑機率。」

「所以，我懷的是同卵雙胞胎？」

「是。」醫生笑吟吟的。

如此低的機率能被他們碰上，無論是李烽或藺如眞，都完全沒想過這個可能性。

結束檢查後，李烽牽著藺如眞的手走出診間，面無表情，手汗卻出賣了一切。

「你很緊張？」藺如眞偏眸打量著李烽，很想從他臉上看出什麼來。

「有點。」李烽牽著她的手彷彿握得更緊了。

「又不是你懷孕，你緊張個什麼勁啊？」藺如眞戳戳他臉頰，笑得很開心。「我會很好的，你也是，寶寶們也是。不知道是男生還女生？呵呵，這下東西都要準備兩份了，好有……嘔——」藺如眞摀住嘴，匆匆忙忙奔進醫院洗手間。

又來了，李烽難掩憂色地盯著她消失的方向。

藺如眞孕吐得很早，事實上，她就是因爲噁心想吐，才想到要驗孕的。

雖然醫生說每個產婦的孕吐情況不同，開始和結束的時間也不一定，不需太過憂慮，但他仍不免擔憂。

果不其然，接下來的日子，每一天都很難熬。

藺如眞吐得亂七八糟，無論李烽煮什麼、買什麼，全無食欲，每餐都是隨便吃幾根菜、喝幾口湯了事。

看著以往胃口那麼好的她，如今連半碗飯都吃不完，李烽著實非常心疼，甚至連他最嗤之以鼻的鹹酥雞都破天荒買來了，她卻聞到味道又吐了。

她的嗅覺變得異常敏銳，上、下班途中即使戴了兩層口罩，仍會因爲附近的人拎著的食物味道或汗味而作嘔。

她就這麼一路吐到孕期第十八週，李烽天天開車接送她上、下班，將她沿途聞到的味道降到最低，但她的體重前幾週甚至不增反降，每天呑的營養食品恐怕比食物更多。醫生提供的所有方法全都試過了，成效非常有限。

直到二十週的某天，藺如眞早上睡醒，感覺突然有點不一樣。

「李烽，我剛剛沒有吐欸！」藺如眞喜孜孜從浴室走出來，連續幾個月的早晨都是抱著馬桶度過的，突然有點不習慣。

「眞的嗎？太好了。」李烽走過來，摸摸她這陣子總顯得蒼白的臉，話語中的心疼不言而喻。「吃得下嗎？有沒有想吃什麼？」

「唔……」藺如眞下意識摸了摸肚子，有點靦腆地笑了笑。「海鮮燉飯。」

李烽瞥了眼掛鐘——早上七點。

海鮮燉飯？這還是早餐嗎？

她已經好幾個月飲食清淡，聞到魚、蝦都退避三舍，突然來個口味這麼重的海鮮燉飯，眞的行嗎？

「沒關係啦，家裡有什麼我就吃什麼，或是隨便買個早餐店三明治都行，我也好久沒吃早餐店了。」這時間上哪找海鮮燉飯？藺如眞非常識相地擺了擺手。

「好，那我隨便弄點，妳先進房間休息，我弄好再叫妳。」李烽趕她回房，要是油煙味讓她不舒服就不好了。

他從冰箱裡拿出幾樣食材，擱在備餐檯上，接著又從櫃子裡搬出了個箱子。

本來已經走回房門口的藺如眞停下腳步，圓圓眼睛眨了眨，掩不住好奇，又折回來。

「這是什麼？」她興味盎然地看著李烽開箱。

「多功能電烤盤。」李烽將藺如眞沒見過的新家電從箱子裡拿出來。

裡面有紅色主機和各式各樣的烤盤——深盤、平盤、章魚燒烤盤、格狀烤盤……

「哈哈！這個看起來是做章魚燒用的吧？」藺如眞拿起章魚燒烤盤，呵呵笑。「你什麼時候買的啊？」

「妳剛懷孕的時候。」

「爲什麼？」她那時明明還什麼也吃不下呀！

「我怕妳半夜突然想吃章魚燒、燒烤、炒泡麵、披薩、鬆餅、焗烤……」既然能夠一機搞定，他沒有多想，立刻就入手了，以備不時之需。

「也可以做燉飯？」藺如眞問。

「對，也可以做燉飯。」李烽點頭。

藺如眞噗哧一笑。「可惜我害喜太久了，讓你英雄無用武之地。」

李烽淡淡掃了她一眼，藺如眞趕忙摀住臉，以防又被捏臉或彈臉頰。

「妳才知道。」沒想過李烽弄好烤盤，圍裙一繫，轉身就去洗菜了。

藺如眞心裡一軟，覺得這陣子她身體難受，他心裡恐怕比她更不好過，情不自禁移動腳步，從背後環抱住他的腰。

「我很好哦，我沒事，不用擔心我。」可惡的肚子，居然要稍微側身，才能抱緊他。她在心底抱怨。

「妳才不好。」李烽依然淡淡的，對著水流下的青菜說話，聽起來有點懊惱。「我什麼也無法爲妳做。」

「你這不是在做了嗎？」藺如眞笑出聲來，指著他備餐檯上的海鮮。「明知道我胃口不好，冰箱裡還備著海鮮，這麼易壞的食材，你默默吃掉了不少吧？硬體、軟體都搞定了，除了電烤盤，你還買了什麼？」

「氣炸鍋。」李烽抬手指向廚房另一角，繼續動手備菜。

「呃？還眞的有啊？」藺如眞一愣，覺得李烽的背影看起來更悶了。

她轉到李烽面前，想逗他開心。

「我今天眞的已經好多了啦！很快就會指使你炸東炸西，炸到你看見氣炸鍋就氣炸。來嘛，笑一個。」

她嘻嘻笑，伸手想掐他臉，李烽卻一把抓住她手，深深望進她眼底。

「如眞，我後悔了。」他說得再認眞不過。

「啊？」她一時間沒反應過來。

「我看了很多文章，懷孕不只讓妳受苦，也讓妳陷入危險。母體要承擔的風險很多，整個孕期都是一場災難，孩子生下來後，恐怕更辛苦。」鏡片後的黑眸爍了爍，充滿自責。「如果當初妳說想要孩子時，我拒絕妳就好了。愛是捨生的事，我——」

「等等等等，你冷靜一點。」她打斷他，忍不住又笑了。

她知道他要說什麼，那是太宰治的《維榮之妻》。

愛是捨生的事，我並不認爲甜蜜。

愛是捨生的事，當然呀！不然從前俗話怎會說「生得過，麻油香；生不過，四塊板」呢？懷孕當然有必須承擔的風險，但寶寶也會帶來很多很多快樂啊！怎會不甜蜜？

她體貼至極，完美到近乎偏執的丈夫，爲了她的孕吐鑽牛角尖，捨不得她吃苦，竟然憋到連這種陰鬱的念頭都出現了？這孕期才過半呢，他就已經快崩潰了，後面還怎麼熬啊？她又好氣又好笑又心疼，心情複雜得不得了。

「可是，我覺得很甜蜜啊！就像以前你說喜歡被我打擾一樣，我雖然吐得亂七八糟，常常身體不舒服，但我很開心。」

李烽神情依舊沉鬱，鬆開她的手，悶頭瀝了少許米。

「笑一個嘛！」她鍥而不舍地努力，簡直覺得自己像在調戲丫鬟的員外了，滿心歡喜地又繞到他面前去。

「我很期待哦！」她歪著頭，對著他燦笑。

李烽挑眉。「期待什麼？海鮮燉飯？」

「寶包啦！」她哭笑不得地搥了他一下，喜悅之情溢於言表。「而且，知道是雙胞胎之後，我就更期待了。我是獨生女嘛！所以，小時候很羨慕別人有兄弟姊妹可以一起玩，現在一次來兩個寶包，感覺好像彌補了小時候的遺憾，又可以重新過一次童年，把那些沒玩到的通通玩回來了。」

她相信，對李烽而言更是，他的童年過得比她的更辛苦，想必有許多求而不得的遺憾，這次一定要把兩人份的童年都補回來！

老天爺一定也是這麼想，所以才給他們雙胞胎的，她真的很期待、很開心。

李烽太陽穴跳了跳，眞是無法置信。

他爲了她這麼擔憂的時候，她竟然只想著玩？

「妳——」李烽正想發難，蘭如眞驀然咦了聲，眼睛睜得很大、很亮。

「李烽李烽，寶包好像動了欸！」蘭如眞手放在肚子上，有點不太確定。

有東西在肚子裡動的感覺很奇妙，但會不會只是她肚子餓，又或是腸胃蠕動之類的？

「是嗎？」李烽狐疑地看著她，又狐疑地看向她的肚子。

「我也不知道耶……」她的手還搭在肚子上，也很懷疑。眞的是嗎？她又沒生過小孩，胎動什麼的實在太陌生……

「啊！來了來了，又來了，應該眞的是，你摸摸看——」兩人四目相對了會兒，蘭如眞再次喜出望外地喊了起來。「好奇怪的感覺哦，又有點好笑。」

哪裡好笑了？坦白說，他覺得有點獵奇，簡直像身體被不明生物占據一樣……但是他不能說，否則蘭如眞一定會非常憤怒的。

他舉在半空中的手略顯遲疑，蘭如眞一把抓過去，很樂地貼在自己的肚子上。

「不知道是哪一個在動？又或是兩個都在動？咦？好像兩個都有動欸，你有感覺到嗎？」

她話都還沒說完，他的掌心便確實感受到了細微的震動，從她的身體裡發出來，微微鼓起，小小地震晃了下，接著，他的指尖處也晃了下，淺淺地、輕輕地，再一下……

直到此時，她肚子裡孕育著他們的新生命的感受彷彿才眞正落實，而不只是她那些令人挫折、懊惱的害喜症狀而已。

他即將有自己的孩子了，與她的孩子，他們的孩子。

李烽覺得內心充盈著什麼，難以言喻，眼眶居然有點酸澀。

曾經那麼厭惡活著的他，那麼痛恨自己的存在的他，如今，卻即將有新生命爲他而生……

「嗨，寶包，我是媽媽哦！」蘭如眞樂不可支地對著肚子說話，還推了推李烽。「你也快來跟寶包說點話啊！」

李烽嚥了嚥口水，莫名感到非常彆扭與緊張，完全不知道該說些什麼才好。

難得看見他如此不知所措的蘭如眞簡直樂壞了。

哎呀！人生眞是活久見啊！曾經的壞嘴大魔王也有這一天啊！乖乖臣服在天倫之樂的溫情之下吧！姆哈哈哈！

「快呀！」她有些壞心眼地催促他。

李烽足足愣了好幾秒，不自在地清了清喉嚨，好半天才終於從嘴裡擠出一句——

「霸占別人的身體還不安分點，等你們生出來之後，絕對痛扁你們一頓。」

「啊啊啊啊你在跟寶包亂講什麼東西啦？壞嘴大魔王！」蘭如眞大驚失色。說好的溫情呢？天倫之樂呢？

寶寶們接連又踢了好幾下，不知道是在頂嘴還是在害怕。

「寶包乖，媽媽會替你們討回公道的，爸爸這傢伙實在太糟糕了！」藺如眞心疼地摸著肚子，對著李烽齜牙咧嘴。「快去煮飯啦，哼哼！我要吃爆！累死你！」

吃爆？李烽挑眉，他擔心她營養不均衡很久了。

「妳最好說到做到。」李烽雙手一盤，居然對她撂狠話。

「你你你——我就吃爆！不陪你了啦，你煮好再叫我。」藺如眞指著他的鼻子，哇哇叫著回房了，邊走邊繼續和可愛的寶包們講話。

還是寶包最好了，都不會嗆她，嘤嘤。

李烽望著她虛弱了近五個月，終於恢復朝氣的背影彎起唇角，怔怔望著自己的手，上頭彷彿還留著剛剛撫觸到的，細小的、可愛的震動。

愛是捨生的事，我並不認為甜蜜。

才怪。

此時此刻，他確實感受到無與倫比的，排山倒海的甜蜜。

他拿下眼鏡，站在流理檯前，抹了抹眼角，重新將眼鏡戴回去。

原來，那些曾以爲無邊無際的晦暗、絕望，早就與他無關。
從遇到她的那一刻開始。
從有了孩子的此刻開始。
從未來的每一天開始。
感謝從前的自己，好好活著。

起飛

第一次見到女孩的時候，究竟是六歲？還是七歲？他早已經記不清了。

母親指著那個女孩，十分得意驕傲地對他說：「李陽，那個女生叫作周上善，她學的是花式滑冰，從三歲就開始訓練了，她跟你一樣，是個天才。」

母親驕傲的原因，當然是因爲女孩和他一樣，是個「天才」。

天才？天知道他有多痛恨這兩個字，假若他不是母親與教練口中的「天才」，那就好了。

女孩長得漂亮，個性開朗、成績優異，冰場的同學、教練，甚至母親，都對她疼愛有加、呵護備至。但是，他對於和他同樣是天才的女孩一點興趣也沒有，正如同他對自己總是被教練讚嘆比一般人更柔軟的腳踝同樣沒興趣。

九歲的時候，爲了讓雙胞胎哥哥李烽能夠參加校際比賽，他自作聰明地在冰場上受傷，膝蓋與腳踝都弄傷了，本以爲天衣無縫，未料卻被女孩看穿。

「你明明衝得過去的，爲什麼要故意跌倒？」那是第一次，女孩主動來與他攀談。

運動員要有絕對的動態視力，他這下相信女孩與他一樣，有著絕佳的天賦，但是，由於太過擔憂被識破，向來在冰場好脾氣又溫煦的他，難得地扯開喉嚨，沒禮貌地對著女孩咆哮：「要妳管！雞婆！」

他甩頭就走，臨去前匆匆一瞥，見到女孩露出驚嚇與受傷的神情，但他不在乎，他在乎的只有他哥哥。

可惜最後，他想藉著受傷讓哥哥參賽的計畫失敗了，甚至爲哥哥帶來了一頓處罰，讓他哭了很久，心情很差，連帶著，看到女孩就覺得討厭。

遷怒的，討厭，無法控制。

假如沒有她，假如沒有天才，那就好了。

他憎惡著女孩，憎惡著自己，憎惡著天才，日復一日地，在冰場裡接受著天才該有的訓練，和女孩一樣——晨練、晚練、受訓、參加大大小小的比賽，在白茫茫的冰上世界裡，度過每一個晨昏，每一個生日。

轉眼間，他和女孩同時上了國中；進入少女時期的女孩，冰上成績更加出色，也出落得更加標致美麗。

「上善又贏了！」冰場裡的男同學們，看到女孩的勝利時，紛紛發出歡呼，而他撇過頭，僅僅悶哼了聲。

「上善早上六點就來了，眞厲害，她在冰場待一整天了。」母親稱讚女孩的時候，他老覺得母親是在暗示他應該和女孩一樣努力，不由得對女孩更加沒有好感。

「李陽，你對每個人都很好，為什麼獨獨討厭我？」他沒有特地隱藏討厭女孩的情緒，就連女孩也能輕易覺察。某次結束訓練時，女孩特地繞過來他身旁，探究地問他，口吻中沒有責怪，僅是好奇。

「為什麼總是要當第一名？妳有這麼輸不起嗎？」他沒有回答女孩的疑問，反而問出了觀察女孩多年來的疑惑，就像他一直等著她走到他身畔來，終於能夠問出口一樣。

他沒有意識到，因為那份被識破的心虛，因為那份因心虛而起的討厭，他的目光早已停留在女孩身上太多；她的一舉一動、一顰一笑，逐一刻印在他腦海裡。連她總是要爭第一的模樣，也顯得那麼清晰，那麼討厭。

「可以當第一名為何要當第二名？李陽，我不喜歡輸。」女孩偏著頭看他，回答得就連一點猶豫也沒有。

女孩說她不喜歡輸，也確實時常第一名，但是，比賽哪有次次第一的道理？總是會輸的。

「嗚……妳滑得好好，剛剛的三周跳超美的！背跟腿都打得好直，輸給妳我好不甘心，又好甘心……」

好甘心是什麼形容詞？李陽看著第二名的女孩，賽後對著第一名哭著涕淚縱橫的模樣，皺起眉頭，明明還惦記著要討厭她，卻忍不住笑了。

她總是可以說實話，總是可以這麼坦白，總是可以那麼安心地做她自己，眞好。

他是假太陽，她卻是眞燦爛。

李陽的目光越來越常停留在女孩身上，以至於那天，大家遍尋不著女孩時，他成爲第一個趕到女孩身邊的人。

那是一個大型比賽的前三十分鐘，女孩被反鎖在一間陰暗的儲藏室裡，躺在地上，雙眸緊閉，身上的比賽服裝破了，膝蓋上的血滲出褲襪，慘不忍睹。

「上善？怎麼回事？妳還好嗎？妳醒著嗎？沒事嗎？」他小心翼翼地接近躺在地上的女孩，由於太過驚嚇，甚至伸手探她鼻息。

女孩眼皮掀了掀，發出痛苦的低吟，好不容易看清來人的臉龐，再循著痛感望向雙腿，臉色霎時驚白。

「冰塊！李陽！快給我冰塊！我的膝蓋很重要，我不能受傷！」女孩不知哪來的蠻力，撕開褲襪，急著確認膝蓋上的傷勢，近乎歇斯底里地朝他大吼。

「這裡哪來的冰塊？」李陽跟著她著急了起來。「來，我背妳去醫務室。是誰？我去跟大會說，教練會處罰他們的。妳休息吧，今天不要出賽了。」

李陽矮身蹲到她面前去，冷靜下來想了想，並不意外發生這樣的狀況。

女孩總是第一名，總是鎂光燈追逐的焦點，許多對手都是衝著打倒她而來的。下流的伎倆，縱然不齒，但碰上了，還能怎麼辦？

「我可以出賽。」女孩攀上他的背，聲音明明在顫抖，口吻卻很堅定。「運動員就是要在場上決勝負，我要出賽。不能滑冰，我就什麼也不是了，我要比賽，李陽，我要贏。」

李陽托抱起女孩，沒有再多說些什麼，只是默默看著女孩在醫務中心做完緊急處置；默默看著女孩換上新的一套比賽服；默默看著女孩不顧教練的反對負傷上場；再默默看著女孩在公布成績的那一刻暈厥過去。

第一名。

即使女孩賽後被診斷出骨頭有輕微裂傷；即使女孩跳躍時疼痛到眼角迸淚；她仍舊是冰上的女王，仍舊沒有愧對她的天賦。

那一瞬間，李陽突然對於從前弄傷自己的往事有些慚愧，也突然懂了，女孩和他果然是一樣的，是個悲哀的天才。

不能滑冰，不能站在冰場上，他們就什麼也不是；他們永遠都是活在期待與掌聲下的，悲哀的天才。

他對女孩產生一種共患難、惺惺相惜的情感。那是來自於一種，屬於天才的，高處不勝寒的寂寞與悲哀。只能贏而已，沒有退路。

於是，他開始對女孩友善；他認爲，他應該保護女孩，避免女孩再次受到任何傷害。

他每日提早到冰場，爲了能在女孩晨練前陪她一起吃早餐；他背包裡總是多帶了一個保溫杯，爲了裝女孩愛喝，卻老被教練叮嚀要控制熱量而不能喝的熱可可；他口袋裡總是備著一個以上的暖暖包，因爲他知道女孩從下午開始，就會手腳冰冷。

他與女孩一起練習，一起討論功課，互相到賽場上爲彼此加油。

女孩坦率愛笑、明亮柔暖，和女孩在一起的時光過得飛快，總是特別愉快，愉快到他幾乎就要忘記他的母親與哥哥。

直到剛滿十七歲的那天，母親已經數不清第幾次地「只爲他一個人」過生日。他看著哥哥的面無表情，深覺已經得到許多的自己太不應該、太罪惡、太可恥。

他已經獨占了母愛，獨占了這個家裡所有的經濟資源，獨占了所有能享受到的勝利，他甚至也獨占了女孩，就像個快樂的青少年一樣，而他憑什麼像個快樂的青少年？

他看著哥哥的陰沉，對他的幸福越加感到愧疚；那就是一個突然冒出來的念頭——假如是那女孩的話，一定能夠令哥哥開心起來，正如同女孩能令他開心起來一樣。

於是，他說了一點謊，令女孩能夠順利走到哥哥身旁去；女孩果眞不負他所望，一瞬間便吸引住哥哥所有的目光，成功令哥哥露出許久不見的笑容。

女孩與哥哥開始約會，時常跑來徵詢他的意見，露出戀愛中少女才有的苦惱、困惑與甜蜜的表情。

他望著女孩與逐漸嶄露笑容的哥哥，明明應該感到開心，可是脖子卻彷彿像被掐住似的，只要看見女孩與哥哥十指緊扣，胸口便疼痛到無法呼吸。

一定有什麼地方弄錯了，絕對有什麼地方弄錯了，否則，爲何他明明已經這麼忍耐他的心痛了，哥哥卻沒來由地疏遠女孩了？

從來不哭的女孩並沒有因爲失戀而掉眼淚，只是靜靜地接受被戀人疏遠的事實，靜靜地在父母親的安排之下，遠赴瑞士追隨一個很有名望的滑冰教練，爲日後的國際裁判資格鋪路。

分離在即，他到機場爲女孩送行，看著女孩的背影漸漸走遠，才驚覺，即使他的雙胞胎哥哥不愛女孩，他也愛著女孩。

一直以來，都是那樣深深、深深地愛著……但他說不出口。

到了地球另一端的女孩，時常拿著話筒，和他同樣欲言又止。

「李陽……」女孩隔著一大片海洋及時差，輕輕淺淺地對他嘆氣。

那口氣裡似乎有千言萬語，萬千思緒，可他們誰也沒敢提起，最後只能化作一句句稀鬆平常的近況報告、寒暄閒聊，假裝他們誰也不在意。

妳還愛著哥哥嗎？可以，也愛我嗎？

種種迫切的思念到了嘴邊，最後都因著種種可悲的考量，全部必須無情地嚥回去。

他想著，母親既然已經屏棄了哥哥這個兒子，將全副心力投注在他身上，他便必須照顧母親終老。

孤兒寡母，他與獨生子無異。母親曾不只一次地耳提面命，他如今的成就與光環都是用母親的人生換來的。母親爲他吃了多少苦，他又何嘗不明白？

他是母親的唯一依靠，倘若女孩跟在他身旁，成爲他的情人或妻子，勢必也得應付難纏的母親，而他不能將女孩帶入這樣的家庭裡。

再有，他欠哥哥的幸福，也必須用令哥哥下半生幸福這件事來償還。

只要哥哥不用和母親住在一起，不用照顧未來或許會生病的母親，不用負荷母親喜怒無常的情緒，那麼，他的犧牲便很值得。

犧牲者是沒有資格得到幸福的。

假如，女孩當初能繼續與哥哥在一起就好了；假如，女孩與哥哥同時都能得到幸福就好了，爲何哥哥沒有辦法代替他愛女孩？爲何他不是那個媽媽不疼愛的天才？

日復一日，年過一年，他心中充滿怨懟，身旁一直沒有女伴，而女孩的身旁也不明所以的，一直沒有男伴；他們好像彼此都知道些什麼，卻又礙於某些什麼，不能輕易戳破，僅能勉力維持。

直到那天，哥哥揭穿了一切謊言，女孩哭著問他：「當初，是爲了讓我遇到李烽，所以故意失約的嗎？是爲了想讓李烽開心，所以把我像個東西一樣，拱手讓出去？你是帶著什麼樣的心情聽我訴說那些關於失戀的煩惱？又是抱著什麼樣的心情陪在我身邊？」

從來不哭的女孩終於哭了，哭得那麼驚心動魄，那麼撕心裂肺，但他怔怔望著女孩，就連一句爲自己辯白的話都說不出口。

是的，是他將雙手將女孩讓出去，他卑劣、可恥、僞善，他有什麼資格辯白？

「李陽，你是眞心喜歡我嗎？爲什麼我覺得好高興，卻又好難過？」女孩遲遲等不到他的回應，哭著退離了他的視野，一舉走出他的世界。

他原以爲只是短暫的分離而已。

「李陽，上善坐今天的飛機回瑞士，你不去送她，眞的可以嗎？」在哥哥家作客時，哥哥的女友忽爾湊過來，憂心忡忡地問他。

他愣了愣，這是第一次，他由別人口中得知女孩的動向。第一次，女孩沒有親自向他道別；第一次，他與女孩這麼長的時間沒有聯絡。

「她沒問題的。」斂了斂心神，他笑著開口，一如往常的和暖。

「再也不回臺灣了，也沒問題？」哥哥的女友依舊看起來很憂心。

「什麼意思？再也不回臺灣了？」他一時之間無法消化這個訊息。

「你不知道嗎？」哥哥的女友露出十分驚訝的表情。「上善說她爸媽很希望她移居過去瑞士，這趟回去就是要辦——」

「哥，車借我！」話還沒聽完，李陽便拿著李烽擱在鞋櫃上的車鑰匙，急匆匆奔出門。

他跳上轎車，發動引擎，以最快的速度踩下油門。

快一點、再快一點！李陽風馳電掣地趕到機場，疾步狂奔。

機場人流如織，他在當中箭步穿梭，每一張陌生的臉孔都像道阻礙在他與女孩之間的高牆；每一聲響起的廣播都像在催促著女孩從他身邊離去。

再也不回來了？怎麼可以？他還有好多話語沒有對女孩傾訴，還有好多事情沒有與女孩一同經歷。他不能失去她，他怎麼可以失去她？

失去女孩的恐懼感太強烈，幾乎就要將他吞沒。這幾分鐘非常漫長，幾乎用盡他畢生的焦急與心慌。

「李陽？」不知何時來到他身後的女孩，手裡提著行李，不可思議地望著他，困惑地問：「你怎麼來了？」

「我……」他猝然回身，雙手搭在大腿上，彎著腰不住喘氣，明明有許多話想說，一見到女孩，卻又什麼都鯁在喉嚨，不知該如何說出口。

留她也不是，不留她也不是，百轉千迴、糾結反覆，到了最後，只剩下一句「對不起」。

聽見他道歉的女孩先是一怔，接著燦然而笑。

「確實是很該向我道歉啊。」女孩走向他，毫不遲疑拿了手帕爲他擦汗，就像以往每次陪他練習或比賽時一樣，那麼自然、那麼溫暖。

「對不起。」李陽情不自禁抓住她的手，貼在頰旁，閉眸又掀，神情看來十分痛苦。「明明很想珍惜妳，到頭來，好像傷妳最重的人是我……」

「是啊。」女孩直視他雙眼，依舊回應得很坦白、很輕快。

「對不起。」他不禁又說了第三次。可是，無論他再重覆幾遍，他想，他都已經失去了能夠深愛女孩的資格與權利。

「眞的對我感到很抱歉嗎？」女孩掙開他的手，摸了摸他臉頰，又摸了摸他頭髮，殷殷切切地詢問。

「是。」他點頭。

「那麼，就用一輩子來還我吧。」

「什麼？」

「我這趟回去，是要處理那裡的工作與投資，然後，我就要回臺灣，再也不回去了。」

李陽重重一愣，腦子一片空白，完全無法思考，更無法做出任何回應。

他被騙了？被總是很天眞、很單純的哥哥女友騙了？

「我再也不回瑞士了，我已經取得父母同意，也已經和臺灣的冰場與經紀人簽約，未來的工作已經有著落了。我要留下來，留在臺灣，再也不走了，就算你趕我，也不走。」女孩望著他，笑得很堅定、很燦爛。「不是很虧欠我嗎？那就用一輩子來補償我，你得對我很好很好才行。」

「妳知道妳在說什麼嗎？」李陽沉默了好半晌，終於聽懂了女孩在表達些什麼，不得不如此發問。

「我當然知道呀。」女孩回答得連一絲懷疑也沒有。「我一點都不怕伯母，事實上，伯母最喜歡我了。當然，也許變成婆媳之後，可能會不太一樣，但是，李陽，你難道不明白嗎？不會有另外一個女人比我更適合你了。」

「我怎麼會不明白？我──」

「我想過了，你不是不要我，你是覺得你要不起。可是，李陽，你忘了考慮我的意願，我想要你，一直想要的，就算你騙了我，我仍是要的。」

女孩沒有讓他把話說完，反而敞開雙臂，摟緊他腰際，悠悠柔柔地道：「李陽，我喜歡你，而且我必須讓你也喜歡我。你知道的，我不喜歡輸。我很愛你，超乎你想像的愛你，愛得很久、很長。我不要輸，也不能輸，我要做好準備，然後留下來，到你身邊來。」

聽見女孩說愛他的情緒那麼強烈、那麼激動，他胸腔鼓譟，伸手想回擁女孩，可雙手舉起，又落下，仍不免猶豫；想笑，更想哭。

「我很怕傷害妳，上善，妳是世界上那個我最不願傷害的人，我想保護妳，一直想保護妳。」若非那麼害怕，何需如此壓抑？正因爲那麼珍惜，所以那麼顧忌。

「你唯一能傷害我的方法，就是拒絕我、推開我，或是不要我。」女孩在他懷中仰起臉來，絕倫臉蛋充滿堅毅神采。

他胸口一跳，無法抑止心跳加快、血液奔騰。怎會忘記，他的女孩很勇敢，從女孩、到少女、到女人，始終如一的勇敢，是他眼中最璀璨的星芒。

「妳決定了？不後悔？」他盯著女孩羽扇似的長睫，不甚確定地問。

「嗯。不後悔。」女孩頷首，靈動的長睫搧了搧，像隻飛舞的蝶，不知何時，早已停駐在他心底，很美、很深刻，深深烙印在他的骨血上，難以抹滅。

心跳得如此之快，他拋開所有顧忌，順遂心願，小心翼翼地伸手，終於抱住女孩柔軟的身體，像摟著久盼不得的稀世珍寶。

「我好像等你抱我，等了一輩子。」女孩在他懷中，輕輕逸出一聲滿足的嘆息。

「我好像想抱妳，想了一輩子。」他被屬於女孩的芳美氣息環抱，終於脫口說出埋藏心中許久的眞心話。

「上善，我很愛妳，超乎妳想像的，愛得很久、很長。」他的嗓音很是溫柔，一瞬間便令女孩漾開笑容。

「你說的哦，你的心裡才是我的主場，我要當那裡的女王。」女孩在他懷中霸道又甜蜜地說著，令他的人生終於真正綻放陽光。

他緊緊擁住女孩，給了她一個深長的擁抱。

女孩搭乘的飛機起飛了，在他頭頂上劃下一道長長的雲彩。

下一次，將帶著他的愛情回來。

✵

另一頭。

「上善什麼時候要移居瑞士了？」李烽問那個正在吃甜點，笑得很愉快的騙子。

「善意的謊言啊，你們兄弟倆不是很愛來這套嗎？」騙子大口吃甜點，理直氣壯，還順便放了一箭。

「妳學壞了。」是肯定句不是疑問句。

「男朋友調教有方。」騙子很樂。

「調教？」李烽瞇起長眸。

「是啊，就是調教。」不知大難臨頭的傻瓜還跟著回應，得意洋洋。

「很好。」李烽笑了。

當夜，傻瓜總算意識到所謂的調教是怎麼回事。

可惡！

癒

「媽，我要結婚了。」

兒子才進門，也沒坐下，直接站在門口，便宣告了來意。

「我還想說天降紅雨了？我兒子怎麼會主動來看我？原來是為這事。」她走到沙發上坐下，也不招呼兒子就座，只是抿了口茶，放下茶杯。

「跟那個沒家教的女生？」茶杯邊緣染上了她的朱紅色口紅，和她的提問同等刻薄。

「媽，如眞姓蘭，她有名字，而且，她是個好女孩。」李烽回答得不慍不火，就連眉頭都沒有皺一下，對母親的犀利言詞早已習慣。

「好女孩會對我那麼沒禮貌？」李母嗤之以鼻，哼了一聲。她最討厭兒子這種面無波瀾的平淡，總會令她想起一些不愉快的過往。

「媽，我希望妳能陪我去見見如眞的家人，也希望妳能出席婚禮。」

「婚禮？這可眞稀奇，你不是向來沒把這些俗事放在眼底嗎？怎麼？怕人家以為你沒爹娘？」李母又抿了口茶。

兒子依舊對她涼薄的態度無動於衷，無動於衷到她無法對此無動於衷。

「你自己看著辦吧，見到那個沒家教的女生我可笑不出來，還要和她父母拉關係、套交情，我才不幹。」

「好，我明白了。」李烽旋足便要出去。

「等等！就這樣？」李母顯然很不樂意被如此無視。

「不然呢？」李烽回眸，將內心裡那份微乎其微的盼望壓抑得很好。雖不願承認，但大多時候，他對母親依然抱持著幽微期盼。

「不希望養大你的媽媽祝福你？」

「妳會嗎？」

「不會。」看見兒子臉上終於出現一抹失望，李母甘心了，嘴角浮現笑容，再度托起茶杯。她就是不喜歡看這個兒子得意，一點也不喜歡。

李烽壓抑下內心所有不悅的感受，抿唇不語，正要打開大門的動作一頓，手搭在門把上，忽爾轉身過來，問道：「媽，其實，我才是那個最像爸的兒子吧？」

「你在胡說八道什麼？你怎麼可能像你爸爸？」李母握著茶杯的手一顫，索性將茶杯放下。「你爸是個優秀的天才運動員，十五歲就拿遍了大小獎項，你哪裡像你爸？」

「但爸爸不想當運動員了吧？爸爸和找他寫自傳的那個採訪編輯外遇了，甚至是在去找那個女人的路上發生意外的，對吧？」李烽平緩地道。

「你在說什麼?!不要侮辱你爸爸！」李母臉色不變，氣急敗壞，像隻被踩到尾巴的貓。

「是不要侮辱爸爸？還是不要侮辱妳？媽，我早就知道了，當初在整理東西搬出家裡時，我翻到許多爸的遺物，包含爸的手記和自傳手稿。妳討厭我，只是因為我像爸爸吧？像那個不聽妳話的爸爸，不走在妳安排的道路上的爸爸。妳討厭我，不希望我順遂，只因為我平步青雲，就會代表妳是錯的，是不是？」

「才不是！錯的不是我！是他！他就是不聽我的話才會死掉！假使那天他留在家裡，什麼意外都不會發生，我們一家四口還是可以和樂融融地在一起。都是因為他被那女人慫恿，才會異想天開，以為從小只會滑冰的他還能轉行。他也不想想，若他轉換跑道了，當初不顧家人反對，執意要嫁給運動員的我又算什麼？」不能承認自己錯了，只要承認自己錯了，唯一的生存希望便會消失。

倘若不是因為這些恨，不是因為這些不甘心，她要怎麼一人走過這些歲月？怎麼一人拉拔一對雙胞胎長大？她很苦，但就是因為她夠恨，所以她撐得住，她熬得來。李母越說音量越大，最後幾句甚至是用吼的。

「媽，我和李陽是妳的兒子，不是妳的亡夫，妳把氣出在我們身上是不對的。我們有我們自己的人生，不是爸的替代品。」

「你少血口噴人！我何時把氣出在你和李陽身上了？我這不是把你們都養大了嗎？瞧！你現在過得好好的，李陽也好好的，雖然他沒告訴我，但我知道他與上善甚至開始交往了，上善才是個眞正的好女孩，我爲了他選擇了上善。」

「是他選擇了上善，不是妳選擇了上善。媽，妳有想過，爲什麼李陽交了女友，還是妳屬意的對象，卻不敢讓妳知道嗎？就是因爲妳控制欲太強，喜怒無常，太難親近了。妳無法控制我們，就像妳無法控制爸一樣。媽，妳病了！」李烽一字一句，無比清晰，和盤托出。

「你才病了！你在發什麼瘋?!你滾！你出去！我再也不要看見你了！滾！你滾！」李母氣極，衝過來對著李烽又吼又打，弄皺了他的衣服，凌亂了他的頭髮，可李烽依然不動如山，絲毫沒有畏懼。

「媽，我已經長大了，妳已經無法控制我了。甚至，妳現在根本打不過我，我不再是那個能被妳鎖在房裡的孩子了。妳必須爲妳自己的人生打算，妳不再需要恨誰了。」李烽抓住母親的手，堅定地說。再也不需要恨誰了，他們誰都不再需要。

「恨？難道你就不恨我嗎？」李母咬牙切齒，恨恨地說。

那一瞬間，亡夫與李烽的影像疊合在一起，那麼清晰、那麼可憎，她確實覺得李烽是那個背叛她的丈夫，一直都是，從小到大都是。

「不把妳當母親的話，妳只是一個很可憐、很可悲的女人而已，我確實就不會恨妳了。」

李烽口吻平淡，如實訴說。

「滾！」李母掙開李烽的箝握，拿起桌上的茶杯往他身上砸，李烽側身閃過，茶杯應聲摔碎在門扉上。李烽轉動門把，退離母親視野，闔上一室破碎。

對，她的兒子說得沒錯，只要看見他，她便會想起那個背叛她的丈夫、傷害她的丈夫、不聽她話的丈夫，帶給她各種痛苦的丈夫。只要恨著丈夫、恨著兒子，她就有力量能夠走下去。

「媽，不要把我關在這裡，放我出去。媽，我好害怕……」

「不要出去，不能出去，只要你不出去的話，就不會死掉了，你就不會像你爸爸一樣，一敗塗地……」

她關著李烽，像關著她無法順利鎖住的丈夫；她栽培李陽，像必須完成丈夫未竟的目標。李陽必須很厲害、很成功，她得證明她是對的，假使丈夫當時有聽她的話，就能和如今的李陽一樣，功成名就、飛黃騰達。

她是對的，她是對的……

「媽，妳病了！」

她病了？她病了！

她的丈夫外遇，她的大兒子說她病了，她的小兒子交了女友卻不敢讓她知道；她的丈夫背叛她，她討厭的兒子恨她，她愛的兒子畏懼她，哈、哈哈哈！

一敗塗地的不只她的亡夫，還有她自己，哈！哈哈哈……李母望著地上那片破碎狼藉，淒厲地哭了起來。

不再需要恨誰了？是嗎？是嗎?!

✵

李烽走出母親的屋子，靜靜佇立了會兒，隔著薄薄的門板，似乎能聽見母親的哭聲。

她張牙舞爪、渾身荊棘、口不擇言，可是李烽知道，那是因疼痛而長出的刺，爲了保護自己，不得不長出的刺。

不把她當母親的話，他確實不會難受，但大多時候，他仍希望她是他的母親，仍會感到痛苦。就像此時一樣，他會因爲反擊了母親而感到暢快，更會因爲傷害了母親感覺到罪惡。

他不是完人，就如同母親一樣；生而爲人，無一能夠倖免。

越想，胸口越發沉重，李烽亟欲離開這個令他難受痛苦的地方，可無論走得再怎麼快，都無法阻止指尖漸漸麻木，心跳漸漸加劇，許久未發作的過度換氣似乎又開始蠢蠢欲動。

他面色蒼白，摀著胸口，挨牆站立，試圖調勻呼息。

得在回家之前，趕緊好起來才行，否則藺如眞會擔心……才這麼想著，遠遠便看見一道熟悉的身影，立在街燈下，一發現他的身影，便拚命朝他揮手，朝他跑來。

「如眞？」因爲身體不舒服的緣故，他的視線有些朦朧，不可置信地瞬了瞬眼睫。

「我想吃鹹酥雞，就偷偷跑出來了。」藺如眞跑到他眼前，站定，朝他笑得有點心虛。

鹹酥雞？偷偷跑出來？偷偷跑出來何必來找他？

她說謊的技術非常拙劣，滿是破綻，最後還要補上那麼此地無銀三百兩的一句，充分表示出，她就是因爲知道他要向母親提結婚的事，放心不下，所以才跑來的，爲了怕他難過，還硬要找個買鹹酥雞的理由，好被他念。

「不是因爲擔心你來的哦！」

很傻、很蠢，卻令他感到這麼窩心，眼頭居然有些酸澀。

這一瞬間，他忽爾驚覺他人生中所有的透明、美好與純粹，都在她身上。

他深深將她擁進懷裡，深覺有她在眞好。結婚不只是爲了令她能夠和家人交代而已，而是因爲他確實很想與她相守。

「如眞。」他在她頭頂上開口。

「嗯？」她緊緊地摟住他，假裝沒有發現他的冰冷與顫抖、亂七八糟的衣服與頭髮。

「我們會過得很好的。」說出這句話時，才發現，他的呼息不知何時已經恢復正常，是從看見她的那一刻？還是從抱住她的那一刻？

「當然啊。」她在他懷裡，快樂地仰起臉容。「一定會很好、很好的。」

她從來沒有懷疑過這件事，直到多年後，她懷孕時，更加堅信了這個念頭。

她在醫院遇到從身心精神科走出來的婆婆，本覺得有些尷尬，未料婆婆看見她，低頭看了看她隆起的肚子，居然還主動跟她點了個頭，令她有些受寵若驚。

「李烽，我跟你說，我今天啊——」藺如眞回家，迫不及待地想與李烽分享這個消息，卻發現他趴在工作桌上，倦極而眠。

她悄悄走近他，就是因爲知道他已經趕了好多天稿，所以才自己偷偷跑去產檢，沒有告訴他，免得他堅持要陪。

她躡手躡腳靠近丈夫，爲他拿下還掛在鼻梁上的眼鏡，將他放在一旁的書闔起，眸光不經意掃過封面上的書名——是一本育兒心理學的書。

雖然李烽沒有說，可是她知道，李烽一直很擔心，擔心他會因爲成長過程中不愉快的經驗，在育兒教養這件事上遇到障礙。畢竟有很多很多的研究都顯示，原生家庭會對一個人的人格產生非常深遠的影響，之後有了自己的兒女，也很容易複製上一代的失敗經驗。

可是，藺如眞從來沒有擔心過，就連一點點也沒有。

她輕輕撫著肚子，看著那麼努力的李烽，再回想起方才在醫院遇到的婆婆，內心不由得更加柔軟踏實。

婆婆意識到情緒問題，開始求助專業，甚至還會主動與她打招呼，應該就代表，有朝一日，婆婆心裡的傷，也會逐漸痊癒吧？

「你們的爸爸和奶奶，他們都很努力哦！你們也要乖乖的，在媽媽肚子裡好好長大哦。」

她撫著肚子，在李烽臉頰上印下一個溫柔的吻。

沒問題的，一切都會變得更好，他們會很幸福的。

她的肚子裡，有兩個心跳。

噓。

檸檬磅蛋糕

今天是藺如眞的生日。

藺如眞從來沒有主動提過她的生日，李烽還是不經意看見她的證件時才發現的。

這是他們交往之後的第一個生日，從幾週前開始，李烽就有點坐立難安。

她有過生日的習慣嗎？她有想要的禮物嗎？她有想去的地方嗎？她當天會早點下班嗎？她會不會期待他給她什麼生日驚喜？

李烽驚覺，除了她對於食物與閱讀的偏好，他對她的喜好幾乎一無所知。

她好像很隨和，什麼類型的電影都願意看；一起去散步或去看展覽時，也從沒對於哪個地點或哪個展覽有意見；和他在一起的時候，她總是顯得很滿足、很開心，可這些線索全部加起來等於沒有線索。

李烽又開始懊惱爲何世界上沒有人出版《戀愛守則》與《完全男友教戰手冊》，於是，他又再度拿起電話，求助李陽。

「生日？生日當然要過啊。」李陽又再次哈哈大笑了。

「爲什麼?或許她本來沒有打算要過生日，我突然幫她過不是很奇怪嗎?」

「哥——」李陽嘆了很長一口氣。

「你才低能!」李烽先聲奪人，全身的刺都豎起來了。

喀——李陽二話不說將電話掛上了，李烽忿忿瞪著僅剩斷線音的話筒，心情更惡劣了。

什麼兄弟?!有異性沒人性!

不過就是搞定了上善而已，自以爲對女人很有一套嗎?跩什麼啊?他才不希罕他的意見!腹誹了李陽老半天，李烽決定自立自強。

他開始努力蒐集藺如眞言談中的蛛絲馬跡，可不論再怎麼聚精會神地觀察，她都只是個隨和且沒有特別好惡的小孬孬。

直到那天，坐在沙發上看電視的藺如眞，不知看到什麼節目，驀然拋出一句:「手作品眞的好有溫度哦!」

「什麼手作品?」他的耳朵一秒鐘就豎直了。

「就是手作品呀，各式各樣的手作品。不論是自己做的窗簾、桌巾、娃娃，又或是像你做的晚餐，都是手作品啊!自己做的東西最有誠意了。不然手作怎會流行?」渾然未覺李烽忐忑心思的藺如眞，不疑有他地回答。

手作品?他的晚餐?對，他至少可以親手爲她做生日蛋糕。

李烽福至心靈，解決了連日來的煩惱，開心得不得了。

他雖然喜歡吃甜點，但與中式料理相較之下，他卻不喜歡自己動手做。有一部分的原因，是他自認對於甜點的創意與掌握都還不夠精準，器材與設備也還不夠專業，沒有成熟到可以駕馭的程度，而他並不喜歡不完美，所以不喜歡貿然挑戰。

但是，假若親手做的東西能令藺如眞開心，並且充分感受到他的誠意，那麼，他願意破例一試。

經過一番斟酌與考量之後，他挑選了藺如眞與他都很喜愛的檸檬磅蛋糕。

藺如眞生日當天一早，送藺如眞出門上班之後，他便開始在廚房裡忙碌。

他繫上圍裙，先將奶油放置於室溫軟化，取來無毒有機的檸檬，仔仔細細地清洗，磨皮拌入砂糖，爲了使檸檬香氣能與砂糖完全融合，甚至費時細心地搓糖。

搓糖完成之後，確認奶油的軟化狀態，再以電動攪拌器攪拌鬆軟，分批置入檸檬糖，攪拌至顏色變白，置入稍早預備好的蛋液，一同以低速拌攪。

倒入檸檬汁、鮮奶油、鹽，分兩次篩入低筋麵粉、蘇打粉，以刮刀拌勻，直至麵糊拌到完全看不見乾粉的狀態後，倒入烤模，排出氣體，送入烤箱。

他一邊等待蛋糕出爐，一邊將檸檬汁、糖粉、檸檬皮，拌成半透明狀的糖漿，製成糖霜，待蛋糕出爐之後，層層刷在鬆軟可口的蛋糕體上，再磨了一些檸檬皮，撒在薄脆清透的糖霜上，增加香氣與視覺美觀。

他仔細調味，反覆調整香氣與口感，試做了兩次，確認口感與外觀皆有達到要求，接著將蛋糕澈底放涼，密封置入冰箱，喜不自勝地等待著藺如貞下班。

除了自製的檸檬磅蛋糕，他還特地選了一支適合與檸檬磅蛋糕搭配的臺灣紅茶、一本他很喜愛的書、一件她應該會喜歡的洋裝，當作她的生日禮物。

他早早收整了家裡，清潔得一塵不染；煮好比平時稍微豐盛的晚餐，但又唯恐她吃不下蛋糕，不敢太過鋪張；在她下班前，甚至還洗了個澡，戰戰兢兢地，絲毫不敢鬆懈地，聽著走廊上的腳步聲，殷殷切切地盼著她回來。

未料，腳步聲還沒等到，倒是先等到了手機提示音。

點開螢幕一看，是藺如貞傳了Line來：「我今天會晚點回家哦，你先吃晚餐。」

他有些怔忡地望著那則訊息，悶悶地關上手機螢幕，走到餐桌前，敷衍地隨便吃了幾口飯，喝了一點湯，毫無誠意地墊了墊肚子，接著將桌上那些飯菜盡數收進冰箱裡，小心翼翼地，不敢碰到一旁的檸檬磅蛋糕一分一毫，關上冰箱前，還依依不捨地望了蛋糕好幾眼，隱約嘆了口氣。

他打開電腦，坐進工作角落，試圖想寫一點稿子，可無論如何都靜不下心來，時不時便要抬眸確認一下時間。怎麼從來不知道，時間居然過得這麼慢呢？

她究竟在做什麼？加班嗎？要不要打電話給她？還是去公司等她？

李烽想了又想，覺得怎麼做都不妥當；萬一被她發現他太急切，驚喜就不驚喜了。

他只好耐著性子等，結果，一直等到晚上十點，藺如貞的腳步聲才終於出現在走廊上。

她的腳步聲聽起來有點疲累，步伐很慢，好像還有點沉重？經過他的907，打開905的大門，走入，再關上。

這是她的習慣，她總是會先回她自己的房間，放下包包，洗過澡，換了家居服，才會過來找他。

這當然是因爲藺如貞不習慣他的透明浴室的緣故，還有，她也很希望能在見男朋友前，先稍微整理好服裝儀容，別讓男朋友看見她太狼狽的模樣。

李烽花了幾秒鐘猶豫，究竟要現在將檸檬磅蛋糕拿出來回溫，還是要等她過來時再拿？一陣思忖過後，他還是決定等藺如貞過來之後再拿，起身走到廚房，將本來要煮的臺灣紅茶收回櫥櫃，拿下能夠助眠的薰衣草茶替代。

都這時間了，紅茶或許會影響她的睡眠……

才煮好水，剛把茶具拿下，舀進茶葉，藺如貞便走進來了。

「怎麼這麼晚？」李烽瞅了她有些疲憊的神情一眼，將滾水緩緩注入茶壺。

「有點事。」藺如貞拉開椅子，在餐桌前坐下，回答得不清不楚的。

「餓不餓？想吃東西嗎？先喝點茶？」李烽揚了揚手中的杯子問她，其實心裡有點緊張。她眞沒打算要告訴他她今天生日？她會喜歡他做的蛋糕嗎？

「好啊，謝謝。」藺如眞默默瞧著他的背影，已經很習慣每次李烽在廚房裡忙碌時，這樣坐在他身後，看著他在備餐檯及瓦斯爐前忙碌的身影，感覺很幸福，也很安心。

李烽斟了杯茶給她，放到她桌面上，叮嚀了聲小心燙，在圍裙上抹了抹手，又轉回身，走到冰箱前，將磅蛋糕從冰箱拿出，放到備餐檯上準備切片。

未料藺如眞看見他的動作，很自然地脫口：「今天表姊買了蛋糕，我已經吃好多蛋糕了，我想吃鹹的東西，有鹹的東西嗎？」

李烽一愣，手邊動作停下，神情複雜地睇了她一眼，很有兜頭被澆了一盆冷水的感受。所以，路歡幫她過了生日？她已經不想再吃蛋糕了？

「沒有。那別吃了，吃消夜對身體不好。」李烽抿了抿唇，面色如常地將蛋糕刀放下，打開冰箱，放回檸檬磅蛋糕，將內心的失落感隱藏得很好。

奇怪了，吃檸檬磅蛋糕當消夜就可以，吃別的當消夜就不行？有沒有這麼偏心啊？藺如眞狐疑地看著李烽關上冰箱的動作，總覺得有哪裡不對勁。

「是……是幫我準備的蛋糕嗎？你特地去買的？」過了好半晌，藺如眞不甚確定地、試探地問。

仔細想想，李烽確實很難得在消夜時段餵食她，更何況是蛋糕這種高熱量的甜點……難道李烽知道今天是她生日嗎？

「那是我做的。」李烽不帶情緒地回，他才沒有因此感到失望或委屈。

「你知道今天是我生日？」藺如眞怯怯地問。她明明沒有告訴他，他爲什麼會發現啊？

李烽不理她。

藺如眞畢竟和他相處一段時日了，還不了解他的脾性嗎？頓時有種大難臨頭的預感。

「我現在吃！我想吃，超級想吃，眞的！」藺如眞離開椅子，急匆匆跑到他身旁，雙手合十比在唇前，說得極其討好。

「妳的鼻子碰到我了。」李烽撇過頭，看也不看她，開始收拾備餐檯上的東西，將蛋糕刀和本來準備放蛋糕的甜點盤都放回原處。

「……」完蛋了！看來氣得很嚴重啊！

藺如眞再次轉到他身旁去。「我以爲你對節日、紀念日那些，都會嗤之以鼻，所以才沒有告訴你。」

「商人的節日會，但妳的生日不會，那是妳來到世界上的日子。」李烽繼續在備餐檯前摸東摸西，因爲不想讓她看出他的失望，不願觸及她視線。

藺如眞因他的言語一陣感動，但看他此時的態度，只以爲他氣極了，氣到不想看她，也不想理她。

也是啦，他悄悄記住她的生日，特地爲她親手做了蛋糕，結果她這麼晚回家，還跟他說不想吃蛋糕……換作是她，她也會不高興的。

「對不起嘛！你別生氣了。我本來沒有打算過生日，是表姊臨時起意，說什麼下班後要幫我慶祝，還特地吩咐了同事去附近幫我買蛋糕。我不好意思掃她的興，所以才留下來……」都表姊啦！可惡！早知道不要答應她了。

「我沒有生氣。」他說得平緩，這是實話，他只是失望、非常失望。

「哎喲！」他嘴上講歸講，可這哪裡像沒生氣的樣子?藺如眞頭疼得不得了。

爲什麼她明明是壽星，卻要被表姊強迫過生日，搞得比加班應酬還累?累完回到家，還要安撫因此生氣彆扭的男朋友?難道這就是小孬孬的宿命嗎?

藺如眞討好地將手伸到李烽身前，本想環抱他，未料他恰好一個轉身，陰錯陽差，她正要舉起的手不經意碰到他長褲，好像碰到、好像碰到……什麼鼓鼓的，藏在褲子裡……和女生身體完全不一樣的……

她愣了一下，李烽也愣了一下，李烽終於看她了，卻是皺起眉頭瞪她，還隱隱約約嘖了一聲，轉身回去繼續瞎忙。

不可理喻！她居然因爲碰到男朋友的褲襠被嘖了?!她又沒有眞的摸到！而且，摸到又怎樣?!她都用過了！

只是沒有跟他一起過生日而已，何必這麼生氣？她都已經道歉了嘛！而且，她也是因爲體貼他，怕爲他帶來困擾，怕他覺得想過生日的她很幼稚，所以才刻意不提不說的，他幹麼這麼小氣啊?!

可惡可惡可惡！氣死人了！他越嘖她越要，來啊來啊！誰怕誰啊?!

藺如眞由他身後一把抱住他，緊緊的，很緊很緊。

「如眞，妳這樣我不能做事。」他低低的嗓音聽來有些危險，但藺如眞和他嘔氣，索性關起耳朵當作沒聽見。

對，她就吃定他心軟，不會推開她，哼哼。

她把臉貼到他溫暖的寬背上，不由自主地蹭了蹭，舒服地聞著他衣服上好聞的柔軟精香氣，與他身上淡淡散發出的香味，已經不知道第幾千幾百遍地體認到，她眞的很愛聞他身上的味道，喜歡他喜歡得不得了，哪能眞正生他的氣？

她深呼吸了一口，鼓起勇氣，手伸到他身前，輕輕撫過他長褲下微微的賁起；柔軟胸房緊貼著他的背。

男人的身體眞的很奇妙，和她的完全不一樣。原來平時摸起來是這個樣子啊，一點攻擊性也沒有，和與她做愛時截然不同……腿心突然跳了一跳，稚嫩私處緊縮顫動，好像隱約期待起什麼，藺如眞驀然感到有點難爲情。

是不是，只要有過經驗，身體就會自動記住他曾給過的歡愉，將慾望餵養得越來越強大，越來越貪婪呢？

「妳在做什麼？」李烽刻意忽略她手上爲他帶來刺激的動作，偏首過來問她，眉心緊蹙。

她現在是怎樣？安撫他？討好他？挑釁他？

「當壽星啊。」藺如眞回應得很輕快，微微用力握住他，故作沒事，朝他笑得很可愛。

「什麼？」李烽的眉頭皺得更緊了，嚥下一聲微乎其微的低吟。

但是藺如眞聽見了，因爲聽見了，所以顯得非常興奮，更加大膽，也更加不願縮手。

原來她也是可以挑逗他的，有什麼事比讓一個平時冷臉嚴肅的男人發出呻吟還有成就感？

「壽星特權啊，既然都知道今天是我生日了，今天我最大。乖乖的。」剛剛居然敢嘖她？男友果然很需要再教育，他全身上下都是她的，藺如眞樂呵呵地想。

她輕抬手指，隔著長褲，細細描繪起他的形狀，由上至下，再由下往上，來回游移、戀戀不去；一下掐他頂磨著衣料的高處，一下揉弄他鼓脹的根處，變本加厲地撫弄，甚至拉下他的長褲拉鍊，將他逐漸堅硬火熱的陽具掏出來，赤裸裸地暴露在空氣當中。

李烽眉心深鎖，輕哼了聲，抓住她的手想制止她，藺如眞把他的手拍掉，再度覆上他滾燙的根具，張手握住，連另一隻手都用上了，擺明不讓他擋。

李烽深呼吸了口氣，耳殼紅豔得不像話，胸口急喘個不停。

他覺得他應該阻止她繼續造次，可她撫觸得他一陣躁動酥麻，很喜歡被她如此撩撥，很想她繼續做些什麼，只好睜隻眼閉隻眼，深擰著眉頭，拚命壓抑著喘息，由著她隨便胡來。

藺如眞看他沒有打算繼續阻止她，登時心喜，眞的隨便胡來了。

她踮高腳跟吻他，將手探進他的衣服裡，滑過他堅硬的胸膛、緊實的腹肌，捏住他隱隱綳起的乳蕾，三兩下便剝除了他的上衣。

她伸舌輕舔他唇瓣，入侵他齒關，放肆勾弄他的舌，大口吞嚥他的氣味；一手纏上他後頸，將他轉過身來，臀部抵在備餐檯前，被她的嬌軀困在她與備餐檯中間，動彈不得。

她撫觸他越來越燙的肌膚，沿著他的耳朵親吻至鎖骨，淘氣地啃了他喉結一口，一路往下，含住他變硬的乳尖，貪婪地摸他、舔他、吻他，大著膽子將他的長褲與內褲同時褪到大腿，跪在他面前，細細盯瞧她從不曾好好注視過的男性部位。

她伸手輕觸他動情男根，性器早已昂揚挺立，尖端裂口隱隱沁出露水，反射著淫靡的光。

這裡的皮膚好細緻，花瓣似的……厚實粗莖上有青筋盤結，頂冠腫脹不堪，看來似乎有越來越壯大的趨勢，堅硬無比；挺翹的前端微微帶了點弧度，隨著她的撫摸，在她手心裡若有似無地彈動，而她的身體居然對他如此猙獰的模樣立刻做出反應。

她不自禁扶住他偉岸的根具，心念一動，抿了抿唇，伸舌舔去頂端沁出的汁液；鹹鹹的，味道有點奇妙，但並不討厭。

感覺到李烽的身體因此震顫了下，她抬起頭來望他，發現他也正看著她。

他微瞇著眸，眉心糾結聚攏，反手抓著備餐檯邊緣，明顯像在壓抑著什麼，那拚命忍住的禁慾模樣看來靦腆又可愛，說有多撩人就有多撩人。

過什麼生日？她想要的只有他而已。她一直都覺得他看起來秀色可餐，非常可口，而她如今眞的打算吃他……

藺如眞捧實厚重的男根，不自禁吞嚥了口，緩緩探出舌尖，沿著頂冠細細舔畫，張開嘴，慢慢地從他稚嫩的前端含入，引來李烽一陣粗喘；男莖粗長，吞含不易，她又舔又吻，好不容易才含入大半，暴露在外的，只能用手捉握。

男根堅硬如鐵，又熱又燙，散發著催情氣味，縈繞她的鼻間，占滿她柔軟的口腔。她反覆吮舔著他越漸繃長的陽具，扁著臉頰吸吮；牢牢握住他粗碩的軸部，收指套弄。

她聽著上方傳來的壓抑悶哼，仰頭睞他閉眸擰眉，就連呼息彷彿都克制得辛苦的模樣，異常有種征服他的成就感，很想再令他快樂一點、再無法忍受一點。

她持續注視著他臉上的表情，大力吸吮他彈動的莖身，賣力地玩弄著他堅碩的根處，像要將他緊緊壓抑忍耐著的熱源釋放而出一樣，努力勾誘，又掐又舔，甚至伸手撫弄他緊繃沉重的軟囊，又揉又按、又推又擰，時不時揪扯他性感的覆毛。

她用上了十足氣力，怎麼做能令他眉頭擰得深，胸口喘得急，她就變本加厲，加倍猛攻，挑釁他似的，怎料挑釁著、勾惹著，就連她自己也感到渾身發燙，火熱難耐。

她空出一隻手，解開胸前的鈕子，露出一片染紅的雪白頸項與鎖骨；嬌乳顫晃，在胸前擠壓出一道豐滿的深邃暗影，好想要李烽伸手來掐揉狎弄。

李烽由他的角度往下望，便可以看見她張圓著嘴，奮力吞含著他性具，深深淺淺、上上下下，模仿性交頻率似地令他在嘴內進進出出。

她雪乳顫動，腰肢無意識扭擺，雙腿反覆磨蹭夾緊，渾身躁動不安，小嘴貪婪地含著他肉物，猛吸緊啜，吮舔親吻，發出豔情至極的嘖嘖聲響，浪蕩得不得了。

李烽哪裡被人這樣對待過？既興奮又羞恥；既有征服感，又有被征服感。

他雙手抓著備餐檯邊緣，指節全因用力而泛白，額際沁汗，忍耐得辛苦；他一直很想把注意力分散到別處，可是隨著她嘴上越來越快的吸吮套弄，眼裡看見的是她晃動著乳房、慾求難平的模樣，耳邊再聽見她喉嚨溜出成串媚吟，背脊傳來陣陣酥麻，快意直衝腦門，頓時很有狠狠壓住她頭顱，粗魯進出她嘴的衝動，很想在她嘴裡傾瀉而出。

他有點克制不住，但他非常善於忍耐，藺如眞卻彷彿和他槓上似的。他越忍耐，她越過分；他想拉開她，她卻不讓，幾次未果，李烽也鬥起氣來了。

他才不要釋放在她嘴裡，他要確實地鑿開她，強悍地擠進她窄緊的身體裡，令她感受到他此時的痛苦、滿足與難受。

他有些蠻橫地將她轉過身，令她往前趴在備餐檯上，藺如眞還搞不清楚發生了什麼事的時候，下半身的衣物已被扯下，露出李烽爲她挑選的暖黃色丁字褲。

那是他特地爲她挑選的禮物；她此時趴伏在桌前，像被他冰入冰箱的檸檬磅蛋糕一樣，看起來萬分可口誘人。

明明是很清純、不帶情慾的顏色，搭配的卻是火辣挑逗的丁字褲款式，能夠完美展露她白嫩的臀瓣，性感的細繩像在邀請人扯壞似的，能夠令人迫不及待想進去她身體裡。

李烽將那片可憐又脆弱的布料往旁一扯，扶著早已不能等待的健碩男根，掰開她軟嫩的股肉，不由分說地一舉挺入。

「啊……」下身突感一陣冰涼，被他往旁拉扯的布料陷入她的肉縫裡，摩擦著她早已突起的軟核；驟然進襲的巨物太強悍也太惱人，藺如眞扶住桌緣，硬生生咬住一聲尖叫。

她早就濕透了，從含住他開始，便好想被他這般對待……

「說下次不敢了。」李烽發狠地搗進她，使勁抽送，每一下都又重又深，已經不知道他究竟在指責她哪件事？是拋下他和別人過生日？還是用嘴折磨他？

「唔……哈……下次、下次……一定要讓你忍不住才行……啊！」重重一個頂入，截斷了她的話語。藺如眞被他粗魯地往前勃頂，纖柔的身體不停往前衝晃，力道大得連備餐檯都發出搖晃聲響。

她可憐兮兮地抓住備餐檯邊緣，那上頭似乎還留著方才李烽留下的手汗，帶著溫暖的熱意，和她被他塞滿的祕處一樣，湧著羞人的暖意。

「調皮！」李烽伸手拍打她的臀瓣，像教訓不乖的孩子，一下又一下地在她臀肉拍下紅痕，嫌不夠似的，另一隻手還繞到她身前，掐住她繃緊的乳尖，懲罰似地拉扯揉擰。

「啊……」藺如眞無法忍受地呻吟出聲。

從臀部與乳尖傳來的感受太刺激，有點疼，又不是很疼，帶著奇異的快感，竟連被他掐住的乳尖都加倍挺立了起來，含著他的腿心收縮痙攣，渾身發顫，興奮得無以名狀。

「李烽……慢一點……啊……」她略帶哭音，放肆尖叫了起來，但李烽才不理她，她方才是怎麼對他的？他要加倍討回來。

搗掘她的動作益發凶狠，李烽加速聳動窄臀，次次都頂磨她脆弱蕊心，穴旁嫩肉被他翻出又帶入，花瓣中突起的軟核也被他擰住掐弄，甚至伸指將柔嫩瓣肉往兩旁撥開，好讓他能插挺得更結實。

她喊得急，他便入得深；她求得可憐，他便進得狠。

他緊緊按住她的腰，絲毫不給她退離逃脫的空間，長驅直入，將她撞得滿腹痠麻，連站都站不穩。

藺如眞軟綿綿趴在備餐檯上，連撐起上半身的力氣都被抽乾，軟嫩酥胸擠壓在冰涼的檯面上，乳尖因磨動而亢奮，被身後男人貫穿得頭昏腦脹，腿間似乎湧出更多甜蜜。

她不斷扭動著身體，嬌聲喘息，整個人都被難以言喻的快感淹沒，弓起腳背，就連腳趾頭似乎都要蜷曲起來，眼前暈茫。

李烽見她已經瀕臨高潮，用力掐揉她軟乳，加速抽插挺動，力道之大，陰囊在她肌膚上拍擊出聲響，凶猛男根狠狠撞擊她深處，輕而易舉將她推上高峰。

「李烽、李烽……」她嘴裡喃喃喊著李烽的名字，眼角似乎還帶著可憐兮兮的淚水，一副明顯被蹂躪過的樣子。

李烽吻了吻她的唇，將已經虛軟無力的她轉過來，抱到備餐檯上，安撫似地吻了吻她的眼角和鼻頭，拉開她的雙腿，把蠻橫的自己塞進她仍在一開一合的暖徑裡，完全不給她緩過休息的機會。

「啊……討厭……人家今天生日……」藺如眞伸手打他，下半身又痠又麻，明明已經這麼疲累了，爲什麼當他再度開始抽送時，她又開始感到興奮呢？她一定是個妥妥的M……

「生日快樂。」李烽伸手刮了刮她鼻頭，展臂抱住她，在她臉頰上留下一個輕輕淺淺的吻，說得溫柔，身下撞擊她的力道卻絲毫沒放軟。

「壽星特權？做到過完生日好了。乖乖的。」他看了一眼牆上的掛鐘，將她稍早時說的話盡數還給她，下身聳動得更加劇烈。

蘭如眞欲哭無淚，承受著他一波又一波的衝刺，身體扭顫顚晃，神智聚了又散，心想：生日蛋糕？她再也不敢不吃他準備的蛋糕了。

李烽挺動著喧囂深沉的自己，重重輾磨著她柔美的深處，將她送上一波又一波的高潮。

他想：生日蛋糕？嗯，她確實是他的檸檬磅蛋糕。

他喜歡她的生日，至於冰箱裡的蛋糕，明天再吃吧。

開關

李烽十分淺眠。

他纖細善感，易受驚擾，因著工作性質的緣故，睡眠時間又不太固定，當初，藺如眞開始在903留宿的時候，李烽曾經很擔心這件事。

捨不得讓她離開，想要留她過夜，可又深明他不慣與人同眠，不禁忐忑憂慮。

幸好，幾次經驗下來，他便發現這些煩惱全是多餘，因爲藺如眞不只睡眠時間固定，睡相也很好；入睡得快，睡得也很沉，極少翻身。

床上多了她，就跟多了個人型抱枕一樣，而且，由於她體溫高，冬天還具備了暖爐發熱的功能，但是夏天……就不是那麼好過了。

這已經是兩人躺上床，關上燈準備休息之後，藺如眞第三次翻身了。

「睡不著？」本想忽視她的李烽終於放棄，轉爲面對她的姿勢，開口問她。

「好像有蚊子……」藺如眞知道吵到他了，有點不好意思，說得小小聲的。

「有嗎？」李烽納悶。他一點感覺也沒有，沒聽見聲音，也沒被咬。

「嗯，我被咬了，好癢。」蘭如眞說完，伸手在癢處抓了抓。

李烽拍開床旁夜燈，拿起床邊櫃的眼鏡戴上，眼睛才一習慣光亮，便看見她鼻子和臉頰上都有著小小紅點，確實被蚊子咬了。

「居然被蚊子被叮在臉上，妳是有多遲鈍啊？」她委屈又可憐的模樣實在好笑，李烽不禁出手按了按那微小的突起。

「人家還不是怕吵醒你！」沒有同情心！蘭如眞將他的手拍掉，再次撓了撓癢處，越撓越癢，臉也越紅，看得李烽一陣想笑。

「擦點藥？」他坐起身，從床邊櫃裡撈出止癢藥膏，四處搜尋蚊子蹤跡。

「爲什麼蚊子都只咬我？因爲我很燙嗎？」蘭如眞接過他遞來的藥膏，一邊抹一邊抱怨。眞羨慕李烽，他的肌膚無時無刻都摸起來涼涼的，是一種很舒服的溫度，不像她，永遠都是燙的。

「因爲妳垃圾食物吃太多。」李烽想也不想地答。

「才不是呢！」哼哼，逮到機會就要念她，男人這麼愛碎念沒犯法嗎？

「就是。」啪！李烽找到蚊子，迅速消滅牠，走去浴室洗過手，再度回到床上。

「怎麼可以這麼快就找到蚊子啊？」蘭如眞一驚。

視力好？不對，他才沒有視力好。反應快？好吧，他確實反應快，電她的速度也很快。

「誰像妳那麼遲鈍？」果然李烽就電她了。

「哼哼！」好啦好啦，只有她最遲鈍，會被蚊子叮在臉上還找不到兇手。

「啊！還是好癢哦！我回去905睡好了，免得又吵醒你。」藺如眞腹誹完李烽，依然覺得癢處很難受，信手將藥膏還給他，說著說著就要翻身下床。

「不必。」李烽將她撈回來。

「呃，可是……」藺如眞一臉欲言又止。

「怎？」

「我好像被吵醒，現在有點睡不著，想起來做點別的事。」

「別的事？」李烽揚眉。

「不是那種事哦！我沒有想做！你最近不是很累嗎？我沒有要榨乾你的意思！」藺如眞連忙澄清。

李烽這陣子都在趕一個比較急的案子，一直到今天才能好好躺上床睡覺，就是因爲如此，她才會對於吵醒他這件事感到那麼內疚。

「我指的是起來看電視或滑手機，妳是不是在想什麼色色的事？」她這不是越描越黑了嗎？李烽眞的很想放聲大笑。

「我哪有?!」她又說了什麼?!藺如眞臉上的表情很精采。

「那妳緊張什麼？」

「不理你了。」就會取笑她！藺如眞拉高被子，忿忿轉過身去。

「對不起，最近是不是冷落妳了？」李烽看了看她賭氣的背影，伸手環抱她，將下巴抵在她肩窩，在她耳畔低低詢問。

最近眞的忙，究竟是忙了一個星期，還是兩個星期？他都已經記不清了。

因爲忙，他也沒能好好準備晚餐，別說親自煮了，有時甚至還會忘記吃飯。反而是藺如眞下班回來，總會因爲擔心他餓肚子，買晚餐、買零食、買消夜、買囤糧，幫他煮咖啡、煮茶，偶爾還幫他校對。

遲鈍嗎？她確實在很多方面很遲鈍，但是，對於他的大小事，她總是很機敏、很聰慧，用了十足眞心、全部氣力。他很感動，眞的，從來沒有想像過有一天能得到這麼多。

「沒有。」藺如眞回應得有點悶悶的。

「沒有？」李烽顯然不相信。

「你忙，我乖。」藺如眞點了點頭，說得眞心實意。

她很喜歡他在耳畔呼出的暖熱氣息，很喜歡他兜圍上來的體溫與香氣，很喜歡挨在他身旁睡覺，就算會因爲擔心吵到他，睡得比平時不好，也很喜歡。

「好，那就乖乖的。」李烽愛憐地摸了摸她髮心，舔了舔她耳朵，毫無預警地啃了一口。

「好癢！別玩我啦！快睡覺！」藺如眞推他。是嫌她被蚊子咬得還不夠癢嗎？

「不要。」李烽又咬了她耳朵一下，再度被她推開。

「超不聽話的你！只會叫人家乖，自己根本一點也不乖嘛！你不是應該超級想睡的嗎？」藺如眞抗議。

李烽在她耳邊低低笑了起來，對她的抗議置之不理。委屈了她這段時日，她想要，他豈有不服侍的道理？

他吮舔她耳殼，啃咬她脖子，將手探進她薄薄的睡衣裡，握住她豐滿的乳房。

她沒有穿內衣，當然，在自己家裡睡覺何必穿內衣？903現在不只是他的臥房而已，也是她的，而他很喜歡這種樸實的親暱感。

一天一天，滲透一點、親近一點；更自然一點、更毫無防備一點，漸漸成爲對方生活裡的一部分，也成爲對方的一部分。

藺如眞怕癢，被他又吻又舔，本就偏高的體溫瞬間被烘騰了好幾度；她一點想推拒他的意思也沒有，很喜歡胸房被他掌握觸碰的感受，唇邊逸出淺淺呻吟。

她轉過身，吻住他的嘴，伸出舌頭與他的交纏，貪婪地勾著他的舌攪動，細細舔吮他口腔內的每一處，逗著他來咬，嚥進他的呼息，伸手撫摸他的身體，將一條白嫩的腿跨到他身上，緊緊貼著他蹭動。

李烽被她迫切主動的舉止惹出笑聲，昂首咬她唇，一個翻身將她鎖在身下，單手箝住她雙手手腕，壓在她頭頂，另一手摸進她兩腿之間，撫向她腿間柔軟的凹陷。

「還說不想做？」她好燙，他俯瞰她，口吻十分故意。

「不想。」嘴硬是一定要的，藺如眞皺了皺鼻子，才不要承認她被他摸得很舒服。

「不想？」李烽箝著她的力道沒放軟，擱在她下身的手也沒閒著，變本加厲地探進她的底褲裡，直接揉上她隱隱泛著濕意的裂口。

「不想。」藺如眞急喘了口氣，硬生生吞去一聲呻吟。開什麼玩笑？這點骨氣還是要有的，嘴上不想歸嘴上不想，身體想歸身體想。

「好，不想。」李烽由著她嘴硬，將她的短褲與內褲同時褪下，褪下前還特地欣賞了下那件豔紅色的柔軟底褲，這麼冶豔大膽的顏色，完全不是她的風格，當然是他選的。

她是他的，只能讓他看見與觸碰的地方，都只是他的，只能隨著他的喜好與品味，裝扮成他喜歡的樣子。

他掌心揉蹭著她柔美的私處，揉出她一片濕滑，指腹撥弄按壓著她充血腫脹的軟蒂，拉扯捻弄，令她發出連聲嬌喘；蹭過了發顫的小核還不夠，還要掀撥撩動層疊細緻的嫩瓣，試探地在她狹窄的徑口刺探畫圓，惹出她更多媚吟。

腿間傳來陣陣酥麻，既舒服，又想擋，藺如眞扭動了下身體，不自禁想要併攏雙腿；李烽曲膝壓住她大腿，被強悍壓制的感受竟又挑起她一陣快意，下腹一陣抽緊，柔軟的穴口一顫一吸，李烽趁著她如此敏感的時刻將手指探進去，細細揉弄起內裡若有似無的細緻突起。

「唔……」蘭如眞悶聲嘆息。

他專注凝望著她因而蹙起的眉頭，很喜歡這樣將她壓在身下，主宰她每個表情與喘息；他學得很快，他知道她哪裡敏感、哪裡舒服、哪裡渴望更多刺激與愛撫。

他俯身咬住她的衣襬，將她的衣服咬至高處，露出圓潤的乳房，頂端豔色蓓蕾早已鼓脹挺立，因突然受涼而顯得顫顫巍巍。她的乳尖向來敏感，總是渴求他更多疼愛與撩撥。

他伸出燙人的舌，舔過她軟膩的胸間，吮吸得嘖嘖有聲；舌尖繞著玫紅色的乳尖輕嚙啃咬，張嘴含入，厚實舌頭反覆彈弄著乳蕊，時而向外拉扯，時而向內彈壓。蘭如眞繃直了身體，清晰感受到從四肢百骸急竄上湧的慾望。

小腹湧上一股難言痠軟，想被他貫穿的情慾那麼強烈，腿間空虛難耐；她胸脯劇烈起伏，柔腰擺動得比方才更厲害，唇邊媚吟連連，哀求似地開口：「李烽……進來……」

「進來？不是說不想？嗯？」李烽注視著她，語末那個微微上揚的音調，很性感、很刻意，也很欠揍。

蘭如眞已經搞不清楚她究竟是想打他還是想求他了，只覺得好難過好難過，全身肌膚燙得好像快要燒起來，好想他趕快擠進她的身體裡，狠狠地塡實她、衝撞她、欺負她……

李烽終於放開箝著她手腕的手，挪動了下禁錮著她的腿，她原以為李烽終於要順遂她心意，未料李烽拿下了眼鏡，欺到她身下，卻是將臉埋進她不可言說的柔美之處，張嘴舔含。

「這裡不要……」藺如眞大羞，伸手想擋他，被他阻止。

「妳剛剛說進來，現在又不要？」他調笑似地咂了下嘴，更強硬地將她的大腿往旁分開。

「我是說……不是……」可惡！這究竟要她怎麼說出口嘛?!

李烽低低地笑出聲來，懲罰似地咬了口她敏感的蒂蕊，逼出她一聲又痛又舒服的呻吟；她聞起來很甜，入口的味道也很甜，和他想像中的一樣，柔軟、腥甜，帶著催情的香氣……早就想這麼做了，從她生日時為他口交過之後。

他含住她肥美軟蒂，舔壓揉吻，手指擰揉她早已沾濕得水亮的嫩瓣，一層層撥開輕舔，舌尖徘徊畫圓，在發顫的徑口外流連不去，聽著她不停地央求討饒。

「李烽……這裡不……啊……哈……」她好痛苦，小穴不停地顫抖抽吸著，被他舔過咬過的地方似乎有點點星火灼傷，很燙、很刺激、很磨人、很……不想承認的舒服……

再渴望他一點、再為他瘋狂一點……眞喜歡讓她如此痛苦，發出如此淫媚的聲音，露出如此放蕩的表情。

他用力吸吮，吮出她更多甜蜜汁液，吮出她更多震顫媚啼，將舌頭吮入可憐發顫的窄徑裡；徑中熱燙驚人，柔媚嫩肉一吸一縮，絞纏著他手指與暖舌不放，浪蕩得不得了。

李烽放肆含咬，深入她暖徑的手指更加深入，來回刺進抽出，輾磨著她敏感的內壁，舌頭拍打捻壓著腫脹在外的軟核，時而跟著手指擠進可憐兮兮的小穴內，夾帶著輕咬，簡直將蘭如眞逼到崩潰發狂。

她手指插進他髮間，縱情呻吟了起來，另一手揉捏起自己的軟乳，早顧不得什麼私處被看盡的羞恥感受，僅能專心享受他帶來的快感。

他帶著薄繭的手指粗礪，現在欺凌她的是幾根手指頭？還是舌頭？她根本分辨不出，只能隨著那一波波彷彿能令她滅頂的快感拚命扭動。

「李烽……李烽……」蘭如眞按住他頭顱，兩條纖白的腿止不住細細發顫。

李烽知道她就要臨近那個最快樂的高點，一根手指、兩根手指……加速了抽插她的頻率，越加放肆，發狠似地搗掘進鑿，捻摳著她稚嫩突起的媚肉，一下又一下，重重的、深深的……以嘴啄啃她彈跳充血的蕊蒂，凶猛深入地進出她，令她一瞬間就攀升頂點，放聲呻吟。

她急速喘息，渾身泛起細小疙瘩，額際閃耀著薄汗，下半身一片狼藉，一對嬌乳也被揉得滿是紅痕，眸光朦朧迷離，一副飽受欺負的模樣。

李烽擰了溫毛巾來替她稍微清理，躺上床，百般疼愛地將她摟進懷裡，吻了吻她才緩過喘息的唇。

她在他唇上嘗到她的味道，不自禁紅了顏，蹭進他懷抱裡，不敢抬眸看他，小小聲地問：

「只有我舒服，你……你不想要嗎？」

他用嘴就能讓她得到高潮，累得不得了，也舒暢得不得了，可是，那他呢？

「沒有不想，快睡覺。」李烽四兩撥千斤地閃避她的提問，將她擁緊了些。

沒有不想，那就是想，想了卻不做？又在拐什麼彎呀？

藺如眞抬眼，嗔怪地望著他，嘀嘀咕咕：「你好謎……」

「謎？」李烽疑惑地對上她視線。

「是啊。」藺如眞抱怨，因著方才激烈的高潮，十分倦睏想睡，語調不禁有點懶洋洋的。「我時常搞不清楚你究竟何時想要，何時不想要？有時你很熱情，有時你很冷感，我原本以爲每個男人應該都是急色色的……到底你的開關在哪裡？」她問得很嬌憨、很困惑、很朦朧，還打了個哈欠。

她眞的好想知道，可是也眞的好想睡覺……

開關？什麼開關？她早就已經打開了，她難道不知道嗎？

「沒事。快睡覺，別胡思亂想。」李烽將她那顆不知道裝了什麼東西的小腦袋按入胸懷，有些無奈地看著她昏沉沉地閉上眼，又不甘心地睜眼、再閉……

傻瓜。

他愛憐地吻過她眼睫，靜靜聽著她的呼息漸漸轉爲緩慢規律，看著她沉穩可愛的睡顏，感受著她習慣性往他懷裡鑽的動作，喜歡她的心緒盈滿胸腔，鼓脹滿足得不得了。

明天她要上班，她沒睡飽，就會很累、很煩躁、心情很不好，他們倆感受到高潮所需的時間相距太大，他不能磨著她太晚，要得她太狠，這就是開關。

她如今倦極入眠，換他沒法睡了，李烽苦笑著望向自己蓄勢勃發的下半身，決定將所有的精力都發洩在找出家裡有沒有其他蚊子上頭。或許，還可以上網買個蚊帳？

一次折磨兩個人的蚊子，屋內兩個人都整到了。

他立志消滅蚊子，誓不兩立。

十五天的思念

李烽不在家。

他和路歡去參加德國法蘭克福書展，接著還會前往香港與日本，與一些出版方見面。他的作品暢銷是好事，售出海外版權更是可喜可賀，蘭如眞很爲他開心，但是……自從他們開始交往之後，從來沒有分開這麼久過。

整整十五天沒有見面，僅靠著電話與通訊軟體聯絡，李烽大多時候又十分寡言，幾乎都是她纏著他一直說話，說到後來，覺得說什麼都無法表達她鬱悶的心情。

她好想他。

李烽明天就要回來了，今天怎麼這麼漫長？她早就把屋子裡所有能做的事全部都做過好幾遍了，空虛的今日怎麼還沒結束？

她待在空蕩蕩的903裡，看了看手機上顯示的時間，雖然才晚上八點，但她已經決定要去洗澡睡覺了。

只要睡醒，只要再上一天班，回家就可以看見李烽了；她今晚要在他的浴室洗澡，在他的床上入眠，讓他一回來，就可以聞到她的味道。

蘭如眞想著想著，高興了起來，十分開心地走進那個她平時不太好意思走進的透明浴室，在那個豪華寬敞的大浴缸裡注入熱水，再走到外頭來拿衣服。

903裡現在也有她的衣服呢！

李烽騰了個衣帽間裡的位置給她，本來只是小小的兩格抽屜，後來演變成一整個衣櫃，衣櫃裡她的衣服，李烽買的比她買的還多。

想起李烽總是喜歡打點她，不由得感到甜蜜，唇畔揚起淺甜笑意，拿了潔白柔軟的浴袍、潔白的內褲，走進同樣潔白的浴室裡，伸手探了探浴缸內的水溫，關水，褪去全身的衣物，準備淋浴。

這間豪華浴室採用的是乾濕分離的設計，寬敞的浴缸旁是一個能夠淋浴的空間，淋浴蓮蓬頭是固定式的，甚至有按摩水柱，地上有著像SPA館那種長形排水孔，和外頭的洗手檯、馬桶、浴鏡，以透明玻璃拉門隔開。

就某方面而言，蘭如眞不只覺得李烽對生活品質的要求吹毛求疵到一個難以想像的境界，更覺得他其實悶騷得不得了。

除了情趣Motel與拍AV，究竟誰會將浴室做成全透明的？又有誰會在浴室裡放全身浴鏡？難道不知道全身鏡會讓人壓力很大嗎？

她想，李烽之所以能維持良好的身材，絕對是拜這面全身浴鏡之賜，畢竟有誰會想在洗澡前後，在鏡子裡看見自己赤裸裸的模樣？連一點點贅肉都藏不住啊！

淋浴前，蘭如眞不禁鼓起勇氣，站在全身浴鏡前，對著鏡中的自己打量了好半晌。

哪裡胖了一點點、哪裡瘦了一點點；黑了、白了，全都照得清清楚楚，這面鏡子簡直比照妖鏡還可怕。

嚴格來說，她身材不壞，胸部是C罩杯，還算豐滿；以比例來說，腿也不短，還算勻稱修長。但是，她並不瘦，四肢不夠纖瘦修長，腰也不是不堪盈握那種柔細，久坐辦公桌的小肚子怎樣減都瘦不下去，雖不致於到坐下有幾層肉的地步，但瞧著總是非常不滿意。

李烽雖然從來沒有對她的身材發表過意見，但是，他會不會其實比較喜歡上善那種四肢修長、毫無一絲贅肉的運動員體態呢？

可是上善……唔……她在想什麼啊？她才不要想著李烽和上善！

她才是李烽如今的女朋友，唯一一個，與他曾發生過親密關係的一個，與他親暱分享過彼此身體的女朋友，她不要胡思亂想！

蘭如眞揮開腦中亂七八糟的念頭，走進淋浴間內，拿著李烽慣用的肥皂，在肌膚上抹出一大堆滑膩泡沫，通身沾染他的香氣，驀然驚覺，她不只情感上想他，生理上也很想。

不過只是指腹微微碰到乳尖而已，乳蕾便敏感地顫動了下；肥皂滑過豐腴的小腹與大腿，光是想著這是他的味道、平時碰過他周身的同一塊肥皂，腿心也微微戰慄了下，彷彿在期待些什麼，火熱慾望逐漸上湧。

好想要他……

她閉起眼睛，搓著手上潔白柔膩的肥皂泡沫，努力想像他摸著她時的樣子，愛撫她時的樣子。他會吻過她的嘴，抓住她的乳房，掐揉得有些用力，甚至會拉起她的乳蕾，再粗魯地壓進乳肉裡。

她原封不動地如法炮製，放肆撫揉胸前渾圓的兩團柔軟，學著他擰扯捻弄她的方式，可是無論怎麼做，都與被他愛撫的感受天差地遠。

爲什麼就算照著他平時摸她的方式撫觸自己，也得不到同樣的快感呢？

她嚥了嚥口水，一手仍揉著豐滿軟乳，另一手滑進蠢蠢欲動的腿心，因著只有自己一個人在家，膽子索性大了起來，盡情取悅起思念男友的身體。

她閉著眼，揉弄著腿間嫩瓣，發出淺淺哼吟，乳蕾似乎繃凜了起來，漸漸感受到類似李烽觸碰她時的快意。

她按壓著充血挺脹的軟核，猛地有股衝動，想將手指伸進越來越空虛的窄徑裡，就如同李烽平時做的那樣。

可是，她又有點不敢……她從來沒有自己這樣做過，最多也只是在外頭磨蹭……

掙扎糾結了會兒，她挫敗地決定放棄，還是照著她以往的方式，深擰著眉頭，有些笨拙地滿足著自己。

浴室裡都是水氣，空氣中有她思念的男人慣用的肥皀氣味。她緊閉雙眸，一腳踩在浴缸邊緣，一手放肆狹玩著雪乳，一手淫蕩地擰弄著陰蕊與嫩瓣，唇邊逸出陣陣嬌媚的喘息與呻吟，憑藉著空氣中的男人氣味，縱情想像著男人的模樣。

李烽一回國、一進房，看見的就是這樣的景象。

他放下行李，推了推鼻梁上的眼鏡，倚在浴室外，聚精會神地注視她，像在欣賞一幅豔情又浪蕩的春宮畫。

好漂亮……他從沒見過她這副模樣。

她在想他？他依稀可以看見她的唇形喃喃喚著他的名字。

他的嘴角微微彎起，鏡片後的眸心有著愉悅神采，神情看來非常愉快。

他在浴室外欣賞了她好一會兒，又等了好一會兒，尋了個適當的時機，脫了外套，若無其事地走進浴室裡，差點將剛泡進浴缸內不久的藺如眞嚇死。

「嚇！你什麼時候回來的？」藺如眞大驚失色，將整個身體沉浸浴缸裡，僅露出一顆小腦袋在水面上，眞搞不懂她爲何要如此心虛。

她明明應該要因爲看見李烽回家而感到好開心好開心的，爲什麼她現在一副做了什麼虧心事的樣子？而且，誰說那啥是什麼壞事了？分明是人類再自然不過的生理需求，她何必心虛？

更何況，李烽應該沒有看見吧？雖說浴室是透明的，但他絕對沒看見的，對吧？對吧對吧對吧？

「妳想把手指放進去的時候。」李烽俯身，在她耳邊低聲道。

……不對，他什麼都看見了。藺如眞想死！

雖然，除了想死，還有那麼一瞬間，她隱約有點期待李烽因此色慾薰心，能夠狠狠壓著她這樣又那樣的。

可是李烽沒有，他面不改色，看來無欲無求、波瀾不興，只是默默脫去了衣服，在她浴缸旁的淋浴空間洗了個澡，接著又走到外面，穿起了浴袍，拿了吹風機，拉了椅子，坐在那面全身浴鏡前，慢條斯理地吹著頭髮，臉上依然一點表情也沒有。

這應該是男人撞見女友自慰時的反應嗎？藺如眞不知道，因爲她不知道世界上會有多少女朋友和她一樣糗。

他沒看到嗎？不，他說他有看到，但他的反應像是有看到嗎？還是他只看到一點點？一點點又是多少？

「再不出來要感冒了。」李烽看著她在浴缸內青一陣白一陣的臉色，食指敲了敲洗手檯檯面，晃了晃手中的吹風機，又指了指那張椅子，很明顯是在催她出來吹頭髮。

藺如貞又是一驚，暗覺不妙，好害怕與他獨處，好想鑽個地洞去哪裡，不知他等等又要說什麼話來取笑她了？可是，李烽催她催得急，不出去，也是要被他念……

藺如貞嘆了一口氣，心不甘情不願地從浴缸裡爬出來，抱著壯士斷腕的決心，擦乾了身體，套上了浴袍，十分惶恐地坐在李烽要她坐下的椅子上。

她坐的哪裡是椅子？根本是針山啊啊啊啊啊！

李烽打開吹風機開關，幫她吹頭髮，可以感覺到她很緊張、很緊繃，戰戰兢兢，就連與他在鏡子裡對上視線都不敢。

好不容易，他幫她吹完頭髮，她終於鬆懈了，可是，他才正準備讓她緊張。

他將吹風機放到一旁，看了看鏡中她紅撲撲的臉蛋，在她耳邊輕聲問：「妳剛剛是想著我自慰的嗎？」

藺如貞瞬間炸開，臉色乍紅，就連露在浴袍外的脖子和鎖骨都紅了。

「呃……這個那個，不要討論這個話題好不好？」踢公伯啊！來道落雷劈死她吧！

「不討論？莫非不是想我，想著別的男人？」李烽瞇起了眸，即便是故意說來逼她承認，可想像她想著別的男人自慰的畫面依然太過刺眼，令他低沉聲嗓聽來有些危險。

「才不是，怎麼可能想著別的男人嘛?!我很想你，只想你……當然……當然是想著你做的……」無論李烽挖的坑有多故意，她仍舊會傻傻跳進去，面紅耳赤，可李烽終於開心了。

他拉開她的浴袍繫帶，將兩片衣襟往旁拉開，敞露出她潔白的身體，綿軟豐滿的雙乳瞬間映照在鏡子裡，赤裸裸的，無比羞人。

「李烽……」她伸手想去抓浴袍，李烽輕輕鬆鬆便將那件浴泡扯下，僅留著被她臀部壓住的地方還攤在椅子上。

「妳想要更舒服一點不是嗎？」他站在她身後，雙手穿過她腋下，捧住她嬌嫩的乳，咬著她的耳朵開口，低沉嗓音聽來魅惑又性感，無比催情。「我教妳。」

教？藺如眞聽見自己倒抽了一口氣，還沒反應過來，李烽已經握實她兩乳，恣意掐揉。

「我的如眞喜歡這樣。」他目不轉睛地盯著鏡中羞紅顏的她，用力擰揉她白嫩乳肉，將她揉捏成一片粉色，喉間溜出成串嬌吟；指腹來回滾動她挺立綳凜的乳尖，蹲低到她身旁，含進一邊豔蕾。

「用牙齒輕輕咬，她會叫得更大聲……」他張嘴含吮輕囓，舌尖還不停地拍打著她發顫乳尖，啃舔畫圓。

「啊……」藺如眞眞的叫喊了出來，令她心跳失速的，不僅僅是因爲他手上色情的動作，還因爲他那聲在耳邊低喚的「我的如眞」。

是啊，她是他的，全身上下每一處、每一個細胞、每一個呼吸，都是他的。

她可以在鏡子裡清楚地看見李烽是如何將她的胸部揉捏變形，如何地蹲在她身旁，由側面叼住她一只雪乳，色情無比地又含又舔，將她吻得一片水亮。

她感到羞恥，又感到一股說不出的歡愉……李烽的眼神與她在鏡中交會，直勾勾地盯著她，這是她思念的男人……

「把腿張開。」他對著鏡中的她發出指令，伸手扯向她腿間的白色布料。那布料隱隱透著光，是被她沾濕的……

「不要……」她覆住他的手，併攏膝蓋，僅存的一點羞恥心令她出聲討饒。

李烽望著她羞赧的模樣，心情非常愉悅。

她是該害羞，因他而害羞，也該因他拋下羞恥心，變得放蕩。

再多的拒絕都是無濟於事，他知道怎樣可以讓她「要」。

他昂首吻她，舌頭撬開她的嘴，竄進她芳腔內，一舉奪去她的呼息；他纏著她的舌吸吮，強迫她吞嚥，吮進他的氣味，大口嚥下他津液，模仿性交似地進出她的嘴，占據她芳腔，與他相連之處全是銀絲水液，將她吻得頭重腳輕、一片暈茫。

她喜歡他的吻，只要他吻她，吻得深、吻得狠，她就會忘記她原本想抗拒什麼，乖乖地任他予取予求。

她很好懂、很乖，而他是如此喜歡她這麼單純順從又乖巧。

她是他思念的情人，全身上下每一處都是他的，即便他不在她身旁，即便她想著他自瀆，嘴裡也只能喊著他的名字，眞的好乖。

他趁她放鬆了戒備，身體變得嬌軟無力，信手褪下了她的底褲，將那塊脆弱得不堪一擊的布料扔到地上，打開她雙膝，大剌剌地暴露在鏡子前。

鮮活如花的部位嬌豔地綻放在鏡中，色情放浪得不得了，藺如眞已經驚嚇羞恥到無以復加，就連一句話、一個字都說不出口，腦子嗡嗡作響，全身雪膚都泛成粉色。

「我的如眞還喜歡我掐住這裡，揉一揉，就更好了。」李烽微笑著吻了她一口，兩指夾住從嫩瓣中間探出的軟核，以指腹狎玩揉弄，中指和無名指伸長往下探。「別忘了照顧這裡，微微撥開，就會沁出更多水，這時候手指頭在外面滾一滾，先不要進去，如眞的腰就會開始扭動，開始拜託我……」

太壞了！他用這麼平板的口吻，介紹這麼色情的事，講解的還是她的身體……藺如眞咬住唇瓣，才想著不要眞聽他的話拜託他，無奈出口的全然不是那回事，嗓音聽來楚楚可憐，還隱約帶著哭音。

「李烽……不要這樣……我有點、有點……喘不過氣，身體好像不是自己的……」她伸手覆住李烽大掌，卻被他反手抓住，想併攏的大腿也被他推得更開。

「妳的身體本來就不是妳的，是我的，只有我才能讓它舒服，妳比誰都清楚了，不是嗎？所以我正在教妳。」

他說得好像很有道理、很對，可是好像又有哪裡很詭異、很不對勁……她的大腦已經澈底當機，無法思考。

李烽依然非常從容愉快地捉握她手指，伴隨著他的，緩緩探入她因渴望與羞恥而劇烈收縮的暖徑裡。

「這裡有一塊摸起來粗粗的地方，找到了嗎？我的如眞喜歡這裡。」他領著她的手指蹭揉著軟嫩的內部，掐擰抽送，尋找著能令她狂喜歡愉的那個點，將她逼得更加瘋狂，眼角沁淚。

「啊……哈……」她發出叫喊，渾身冒出疙瘩，雙腿打顫，好想把自己的手抽回來，可李烽不讓，反而捉握得更緊，牢牢抓著她手指，和他的一起猛地刺入再抽出。

她可以從鏡子裡看見她和他的手指同時在進出她可憐兮兮的媚穴，每次進出都帶出一大堆情液，沾染得她與他手上全是濕意，空氣中全是淫靡水聲。

男人的手指野蠻又強悍，每一次揉弄都直攻她最爲脆弱敏感之處，很快就逼出她的崩潰歡愉，眼角沁出薄淚，胸脯起伏個不停。

她癱軟地靠在椅背上，鏡子裡的她腿間泥濘一片，羞恥得令她不敢直視，就連併攏雙腿的力氣也沒有，軟綿綿地任由他亂來；男人見她到達高點了，尙未滿足，大掌還在放肆掐揉著她的乳房，盡情玩弄著她敏感繃凜的豔蕾。

「你很壞……」她將臉埋進李烽肩頭，一邊嬌喘一邊抗議。

「手指頭夠嗎？能餵飽妳嗎？妳把浴袍都弄濕了。」男人顯然還沒壞夠，拉著她站起，將那件椅子上的浴袍，和他自己的浴袍一併扔到地上。

他的浴袍之下未著寸縷，兩腿間矗立著昂揚，鼓脹硬實，再度令蘭如眞羞紅了顏，敏感的腿心又是一顫。

早就已經濕漉漉了，爲什麼看見赤裸裸的他，還會繼續湧出濕意呢？

李烽坐到椅子上，幽深的黑眸望著她，眸心中有火焰竄動。

她被他望得全身發燙，知道他要她做什麼，身體不禁又期待了起來，每個細胞都在渴望著被他確確實實地占有。

她喉嚨一噤，怯生生地張開雙腿，面對他，想坐到他身上去，可李烽將她轉過身，令她背對他，面對著鏡子。

他一手扶著早已無法等耐的壯碩男根，一手扶著她的腰，緩緩含進他的慾望，聽見他們兩人同時發出嘆息。

「看著。」他由後捏住她的下顎，喚她張開閉起的眼。

蘭如眞聽話睜眼，映入眼前的鏡像比方才的更羞恥刺激難堪色情一百倍，李烽的眼神始終帶著若有似無的笑意，目不轉睛地深睞她，顯見十分愉快。

他就是要她面對鏡子，看著鏡中的她，看著想要他的她，看著這麼放浪的她。

初次做愛時那個靦腆的小可愛已經不見了，如今取而代之的是大魔王，難道是被她調教而成的嗎？這人長得這麼俊美，卻又這麼色情……

「你好討厭……我要榨乾你……」藺如眞嗔怨了起來，出口嗓音甜膩得不得了。

她抬臀上下套弄著熾熱如鐵的男莖，抱著些許想與他賭氣較勁的意味，更多的只是順從本能的渴望。

柔腰款擺，深深淺淺地坐入他，好喜歡他在身體裡的感覺，好喜歡需要他，也好喜歡被他需要，就連有些疼痛的感受都如此美好充實。

李烽笑了，他一手用力搓揉著她圓潤的胸部，一手扣住她臀瓣，狠狠地往上頂弄，重重輾磨著她柔嫩的內裡。

她可以看見他強硬地卡在她雙腿之間，將她撐展擴張成圓形，蠻悍地抽出又插入，令她流出一大堆羞恥白液；她充血挺立的軟蒂腫脹不堪，被他以手指夾住掐揉拉扯，按壓出陣陣滅頂快意。

鏡子裡反射出的畫面太淫靡，卻又那麼催化情慾，她雙手揉起自己的酥胸，臀部不停地套弄坐實他，浪蕩地叫了出來，巴不得他能進來得更多、更狠、更野。

他順遂她心願，高頻率地插挺了起來，時而畫著圈輾壓她柔嫩的蕊心，劇烈磨擦刺激著她細絨般的內壁；大掌狠掐她臀肉，令她既痛又舒服，呻吟得更加放蕩，乳浪翻湧，搖晃得更加厲害，咬著他的嫩穴媚肉吸縮顫抖個不停，爲他帶來無邊快感。

李烽有些忍受不住，急促喘息，偏又不願這麼快結束，只好拉著她站立，藉著變換姿勢分散想釋放的快感，讓無力的她撐著鏡面，拉起她一條白嫩纖長的腿，由側面狠狠衝撞而入。

「啊……李烽……」蘭如眞早就迎來第二波高潮，嬌喘呻吟，側乳貼在冰涼鏡面上，被他頂弄抽插的猛烈力道迫得摩擦鏡面，帶來一陣奇妙的快意；下腹鼓脹，暖徑被他搗掘得痠軟無力、反覆吸縮，含絞著他的男莖狂吸猛啜，既滿足又受不了，連聲哭喊，已經不知道她在說些什麼。

「好舒服……好硬……嗚……李烽……只有你來才能這麼舒服……」她媚啼浪吟，動情的身體因他而充實歡愉，大大滿足了男人的虛榮心。

李烽被她哄得心花怒放，發狂似地又重重鑿掘了她好幾十下，每一次抽插都彷若要逼瘋她似的深沉結實，終於令她眞正哭了出來，攀著他又搥又打；他磨著她一起去沖了個澡，在按摩水柱下，讓她背靠著牆，雙腿環在他腰間，又狠狠索要了她一遍；甚至還在浴缸裡了添了熱水，讓她跪著扶握浴缸邊緣，抬起肥美的臀瓣，承受著他怎麼要也要不夠的操弄。

分離十五天實在是太久了，小別之後的歡愛暢快淋漓，也令人精疲力竭；等到蘭如眞和李烽終於能夠躺到床上去的時候，已經不知道是深夜幾點。

李烽緊緊擁著已經熟睡的蘭如眞，決定要告訴路歡，以後不要再幫他安排這麼多天的出國行程。

然後，他還要幫藺如真請明天的假。

讓他的情人飢渴到需要自己來？怎麼能夠發生這種事？他一定得好好補償她才行。

他也很想她。一次用身體解決十五天的思念。

不良性幻想

藺如眞瞪著桌上那個黑色禮盒，神情看來十分困擾。

那是路歡送給離人的伴手禮——自從知道李烽對她的伴手禮不屑一顧，甚至抱怨過她的品味很差之後，特地吩咐藺如眞拿來的伴手禮。

很雅致的禮盒，體積有點大，上頭還綁著絲質的黑色緞帶，看起來似乎沒有什麼問題，又似乎全是問題……

路歡賭氣送來的東西會是什麼好東西？不必拆開，就已經滿滿不祥的預感……

可是，又覺得，讓李烽親自拆好像更不妙？

躊躇了好半晌，藺如眞終於戰戰兢兢拉開了黑色緞帶，小心翼翼打開盒蓋……再瞬間將盒蓋壓回去！

她看見了什麼?!一切都是幻覺吧？

她深呼吸了一口氣，小心翼翼地將盒蓋挪開一小角，拉開一點點、再一點點……不是幻覺！沒有看錯！是成套的黑色情趣內衣！

她由盒中拎起一件，像看著什麼毒蛇猛獸般地仔細端詳——黑絲襪、黑色薄紗內衣、黑色眼罩、黑色丁字褲、吊襪帶……甚至還有手銬和跳蛋欸！天啊！這是什麼鬼?!這也太驚悚了吧？

一旁有張小卡：別再說我沒品味了，你一定有些不良性幻想吧？請慢用。

請慢用是怎樣？表姊，我平日待妳不薄欸嗚嗚嗚！藺如真決定要找個地方消滅這個不祥的禮盒！

消滅前，忍不住又把那件黑色丁字褲拿起來看……嘩！情趣內衣就是不一樣，中間布料居然做了一道開口，這也太色情太不良又太方便了吧？不用脫掉，就可以盡情胡搞瞎搞了耶！

藺如真將那件丁字褲比在眼前，用手撐開中間那道細縫，嘆爲觀止地看了又看，直到洞口那端出現了一隻李烽的眼睛。

「嚇！」藺如眞嚇得將那件丁字褲扔掉，被李烽一把接住。

「這什麼？」李烽皺著眉頭看著手中那件看來很沒品味的黑布，視線轉向桌上那個同樣看起來也很沒品味的禮盒，眉心擰得更糾結了。

「路歡送你的伴手禮……你什麼時候回來的？」藺如眞第一百次覺得，她有天被嚇死絕對對就是李烽害的。

「路歡？」李烽撥了撥盒內的東西，嫌惡地嘖了一聲，再次對路歡的品味重新定義過一遍——更糟的那種。

「你不喜歡？」藺如眞小心翼翼地瞅著他。不知爲何，對他不以爲然的反應感到鬆了一口氣，又隱約有點失望。

「不喜歡。」李烽斬釘截鐵地蓋上盒蓋。「拿去還她吧！」

「爲什麼？難道你都沒有不良性幻想嗎？」藺如眞實在太好奇，本能反應發問，已經完全無法顧慮到路歡看見伴手禮第一百零一遍被退回去會有多不滿這件事。

「質料太差，款式不對。」李烽想也不想地回答完，很有興味地瞧著藺如眞的表情。「怎？妳很期待我有不良性幻想？如眞也有不良性幻想嗎？」

這句話很明顯是李烽說來調侃藺如眞的，未料藺如眞望著他，非常愼重地思慮了會兒，堅定地答——

「有欸！我有。」

＊

三十分鐘後，李烽襯衫的釦子全被打開，眼睛上被蒙起了路歡送來的眼罩，下身也被褪到剩下一件底褲，雙手被舉高，銬在床頭欄杆上。

李烽都不知道他爲何會一時腦熱，答應她如此荒謬的要求，莫非是聽說她也有不良性幻想的感受太刺激了嗎？

藺如眞立在床邊，喜孜孜地睞著他看來有些困擾無助，又十分秀色可餐的模樣，開心得不得了。

早就想這麼做了！哪有每次都是女主角被弄得不要不要的道理？

她也不知道她具體想幹麼，總之她就是很想幹麼。

她跨坐在他身上，俯身吻他，將舌頭攪弄進他嘴裡，大口吸吮著他津液，撫弄著他赤裸健壯的胸膛，聽他發出淺淺哼吟，非常興奮，壓在他腹部的柔軟之處彷彿都要因雀躍狂喜而泛出濕意。

李烽張唇回應著她的吻，因爲不能伸手觸碰她而感到痛苦，其實他有無數個解開這種毫無作用的手銬的方法，可卻又很想看看她究竟想做什麼，荒謬地想更痛苦一點，想被她折磨得更壓抑一點。

雙眼被蒙住，其他的感官彷彿都更敏銳了，就連他們親吻呑嚥的聲音都清晰可聞，加倍催化情慾。

他貪婪地吮舔著藺如眞唇舌，感受著她將溫熱的手摸上他的胸膛，像他平時對她做的那樣，色情地又揉又掐，俯首又舔又含。

她的臀部在他的腰腹上來回挪動，摩擦著他體膚的布料不太柔軟、很薄。他猜測藺如眞穿上了路歡送來的那件黑色丁字褲，徑口大大敞開的那件……下腹不禁一陣抽緊，男根昂揚。

空氣中傳來細微的喀嚓聲響，伴隨著微小的震動聲，緊接著有個冰涼的硬物滾過他的喉結與乳尖，調皮又淘氣地四處亂竄，拉下了他的底褲，震動他挺立的根具。

「舒服？」藺如眞伸手彈了彈碩大跳動的男莖，手裡拿著那個跳蛋，從厚實的頭冠滾到粗壯的軸部，溜去挑弄沉甸甸的軟囊，逼得李烽咬牙，喘息連連。

李烽沒有回答，僅是緊抿雙唇，發出類似抗議聲的低喘。

他的胸膛急遽起伏不停，腹肌因忍耐用力而逼出更多性感線條，看在藺如眞眼裡眞是可愛至極，好想讓他更難受一點，更瘋狂一點。

她張嘴含住他深沉本能的渴望，強悍沉重，蓄積了許多力量，在她口內蠢蠢欲動地勃跳。光是想像著它塞進她身體裡的模樣，便已足夠令她下體濕透，猛烈吸縮。

她調整了下姿勢，更加含入他腫脹腥甜的性具，大口吸吮，兩手捧著根部，鍥而不舍地上下套弄，仗著他看不見，膽子大了起來，索性挪動了臀瓣，讓嬌美柔嫩的部位朝向他顏，抖顫著邀請他含舔。

李烽毫無遲疑地伸舌去頂，吮住她敏感稚嫩的媚肉，舔開層疊柔瓣，將舌探進她吸縮狠攪著的媚徑裡，吻出一大片白絲情液，讓她隨著他勃頂衝刺的頻率發出嬌喘媚吟。

蘭如眞下半身被他吸咬得愉悅又羞恥，嘴裡塞著巨物，幾乎頂到喉嚨的粗壯男根令她既興奮又痛苦，下半身被舔刺得一片狼藉，很想跟他賭氣，將他弄得和她一樣狼狽，只好吸吮得更加賣力，舌頭靈活地舔弄按壓他細緻粗碩的頂冠，雙手套弄得更加劇烈。

李烽終於被她弄得呻吟出聲，低低男嗓飽含情慾，聽來壓抑又濃厚，隱約帶著喉音，非常好聽。

蘭如眞心滿意足，想讓他忍不住的慾望更加強烈，才想著要更用力吸吮，雪嫩臀肉便被一雙大掌扣住，男人不知何時早已掙脫了手銬，狠狠掐住她的臀瓣。

讓她玩的時間結束了。

李烽輕而易舉卸下束縛他的手銬，捉住她柔嫩的臀瓣，將被她扔到一旁，絲毫沒有物盡其用的跳蛋拿過來，一舉塞入她火熱的暖徑，措手不及地將開關開到最大。

「啊！李烽……」她放浪地叫了起來，伸手至腿間，想將那個在體內作亂的小東西拿出來。

李烽不讓，壓住她手，矯健的身軀從她身下抽起，由後覆住她，封住她唇，手指將那個令她尖叫的小物往裡更推進了些，揉弄起她在外可憐顫動的軟核與嫩瓣，吞下她每一聲媚吟。

「我……我不行了……我要死掉了……」腿間傳來的酥麻感受太刺激，滅頂的高潮一波波襲來，蘭如眞雪膚繃凜，腳背繃直，幾乎哭了出來。

他有點粗魯，可她居然好喜歡，身體發顫，敏感得不行，感受到的快感比平時不知高了好幾倍；她還想要更多、更多更多……

「死掉？嗯？自找的。」李烽拉起跳蛋露在徑口外的那個鍊繩，啵一聲從她濕熱的暖境內拔出來，帶出一大堆情液，瞬間將她推至眼前一片金茫的頂點。

藺如眞全身顫抖得不得了，躺在床上劇烈喘息，就連抬動一根手指的力氣也沒有，眞心覺得她已經死過一遍。

她的臀部被抬高，瘦軟到不行的窄徑尚在一抖一顫地吸縮著，又被塞入了直挺挺的陽具，發狠掘弄了起來。

「啊……李烽……嗚……」藺如眞臉靠在被單上，被折磨得又舒服又難受。

她拚命呻吟、討饒抽泣的模樣太楚楚可憐，太令人想摧折弄壞，令身後男人挺動得益發猛烈了起來。

什麼不良性幻想？不良的只有他而已。

藺如眞決定開始討厭路歡，而李烽考慮開始喜歡路歡。

※後記※

生而為人

最初寫《雙子》時，就是想寫一個較爲陰沉的故事。

李烽的原型是太宰治，也許不是文豪，但很普通、很平凡、很脆弱、很武裝。

他會忌妒，會生病，會自厭，會無法控制自己，會有很多他無法諒解與包容自己的情感，卻只能眼睜睜地看著它發生，無能爲力，就如同我們大多時候，面對令人沮喪的現實時一樣。

也許過程不是那麼歡快討喜，但熬過了苦痛，遇見了對的人，得到了很多很多愛，最後能令人豐盈充實、心生甜美——這就是我理想中的《雙子》，陰鬱且溫暖。

以上是個人誌出版時，後記內容中的原句。

雖然這次爲了因應新版，要新寫後記內容，但我想了很久，總覺得這就是這個故事的核心內容，所以還是保留了以上。

希望個人誌和再版都有入手的小夥伴別害怕，這絕對不是鬼打牆哈哈哈！

值得一提的是，《雙子》完成之後的這些年，陸陸續續收到了許多小夥伴的迴響。有許多小夥伴，都和我提及了蘊藏在原生家庭中的苦痛，以及與母親的關係。

說來慚愧，我和母親的母女關係，一直都挺糟糕的；即使是已經步入中年的現在，也沒有好轉多少。

我一直懷抱著對母親的憤怒與深切的自責，長大成人，充滿深深的自厭；直到某天，讀了佐野洋子的《靜子》之後，才終於覺得自己能夠被理解。

「啊，原來討厭媽媽，爲此感到困擾自責的不是只有我一個」的心情療癒了我，讓我內心舒坦很多，連帶著，面對母親時的糾結似乎也減輕了些。

我試著把這些感受寫下來，因而誕生了李烽。所以，李烽的心情，能讓有類似經驗的你們產生共感，是我始料未及，也非常珍惜的事情。

如果這個故事，也能讓你們稍稍感覺自己被理解，有一點點的得到療癒，提供了一點點能向前走的勇氣，那就太好了。

謝謝每位願意與我分享的小夥伴，也祝福大家都能與自己漸漸和解，漸漸學會喜歡獨一無二的自己。

很高興這次在春光出版社的支持下，讓《雙子》有了重新能與大家見面的機會。

很奇妙，雖然已經離開李烽和如眞好段時間了，但新寫番外時，他們卻沒有讓我傷太多腦筋，自動自發地就演了起來，彷彿已經待在那裡等了許久，只待召喚。

感謝春光的召喚，讓李烽和如眞能夠再次粉墨登場，將他們的未來呈現在大家面前。

這幾篇番外爲我帶來了一段非常開心的時光，寫李烽和如眞拌嘴時，我時常呵呵笑，覺得他們實在是天生一對（？），還是互相折磨就好，不要放出來害人（咦？），希望能讓大家看得開心。

無論世界再動蕩，李烽和如眞、李陽和上善，抑或是路歡，都會過得非常幸福、非常好的。你也是，我們都是。

要一起好好的。

我們下個故事見！

國家圖書館出版品預行編目資料

雙子/宋亞樹作. -- 初版. -- 臺北市：春光出版, 城邦文化事業股份有限公司出版：英屬蓋曼群島商家庭傳媒股份有限公司城邦分公司發行, 民111.01
面； 公分. -- (奇幻愛情；80)
ISBN 978-986-5543-69-3 (下冊：平裝)

863.57 110020531

雙子．下冊

作　　者／宋亞樹
企劃選書人／王雪莉
責 任 編 輯／王雪莉、張婉玲

版權行政暨數位業務專員 ／陳玉鈴
資深版權專員 ／許儀盈
行 銷 企 劃／陳姿億
行銷業務經理 ／李振東
總　編　輯／王雪莉
發　行　人／何飛鵬
法 律 顧 問／元禾法律事務所　王子文律師
出　　　版／春光出版
臺北市104中山區民生東路二段 141 號 8 樓
電話：(02) 2500-7008　傳真：(02) 2502-7676
部落格：http://stareast.pixnet.net/blog　E-mail：stareast_service@cite.com.tw
發　　　行／英屬蓋曼群島商家庭傳媒股份有限公司城邦分公司
臺北市中山區民生東路二段 141 號11 樓
書虫客服服務專線：(02) 2500-7718 / (02) 2500-7719
24小時傳真服務：(02) 2500-1990 / (02) 2500-1991
服務時間：週一至週五上午9:30～12:00，下午13:30～17:00
郵撥帳號：19863813　戶名：書虫股份有限公司
讀者服務信箱E-mail: service@readingclub.com.tw
歡迎光臨城邦讀書花園　網址：www.cite.com.tw
香港發行所 ／城邦（香港）出版集團有限公司
香港灣仔駱克道 193 號東超商業中心 1 樓
電話：(852) 2508-6231　　傳真：(852) 2578-9337
E-mail : hkcite@biznetvigator.com
馬新發行所 ／城邦（馬新）出版集團　Cite(M)Sdn. Bhd
41, Jalan Radin Anum, Bandar Baru Sri Petaling,
57000 Kuala Lumpur, Malaysia.
Tel: (603) 90578822　Fax:(603) 90576622　E-mail:cite@cite.com.my

封 面 設 計 ／蔡佩紋
封 面 插 畫 ／瑞讀
內 頁 排 版 ／極翔企業有限公司
印　　　刷 ／高典印刷有限公司

■ 2022 年（民 111）3 月 3 日初版一刷

Printed in Taiwan

售價／330元

城邦讀書花園
www.cite.com.tw

ISBN 978-986-5543-69-3

請於此處用膠水黏貼

讀者回函卡

謝您購買我們出版的書籍！請費心填寫此回函卡，我們將不定期寄上城邦集最新的出版訊息。亦可掃描QR CODE，填寫電子版回函卡。

姓名：________________

性別：☐男　☐女

生日：西元________年________月________日

地址：________________

聯絡電話：________________ 傳真：________________

E-mail：________________

職業：☐1.學生 ☐2.軍公教 ☐3.服務 ☐4.金融 ☐5.製造 ☐6.資訊
☐7.傳播 ☐8.自由業 ☐9.農漁牧 ☐10.家管 ☐11.退休
☐12.其他 ________________

您從何種方式得知本書消息？

☐1.書店 ☐2.網路 ☐3.報紙 ☐4.雜誌 ☐5.廣播 ☐6.電視
☐7.親友推薦 ☐8.其他 ________________

您通常以何種方式購書？

☐1.書店 ☐2.網路 ☐3.傳真訂購 ☐4.郵局劃撥 ☐5.其他 ________

您喜歡閱讀哪些類別的書籍？

☐1.財經商業 ☐2.自然科學 ☐3.歷史 ☐4.法律 ☐5.文學
☐6.休閒旅遊 ☐7.小說 ☐8.人物傳記 ☐9.生活、勵志
☐10.其他 ________________

請於此處用膠水黏貼

Aki Sung
宋亞樹

Aki Sung
宋亞樹